L'alegria de viure

L'alegria de viure

Sílvia Soler

Univers | *La joie de vivre*

Primera edició: abril del 2022

Disseny de la col·lecció: Enric Jardí
Imatge de la coberta: Johner Images / Alamy
Maquetació de la coberta: Freire, disseny & comunicació
Maquetació de l'interior: Mireia Barreras

Direcció editorial: Ester Pujol

Univers és un segell de Grup Enciclopèdia
Josep Pla, 95
08019 Barcelona

Imprès a Liberdúplex
Dipòsit legal: B-706-2022
ISBN: 978-84-18887-14-7
Imprès a la UE

Als meus germans, Maria Blanca i Toni,
amb qui he compartit cases, estiuejos,
paneres de Nadal, cançons i viatges en cotxe.
I uns pares que ens van ensenyar l'alegria de viure.

El terco deseo de esperanza
en que me crecieron me obliga
a responder con lo mismo que recibí.

ÁNGELES MASTRETTA

PRÒLEG

Quan l'editora Ester Pujol va explicar-me que volia crear una col·lecció que es digués «La joie de vivre» vaig pensar que feia molt per a ella. I per a mi. L'Ester i jo tenim en comú una gran tendència a buscar aquelles persones, llocs o experiències que ens fan sentir alegria. Que ens acosten a l'alegria de viure.

Em va convidar a participar-hi (me'n faràs un, oi?) i jo vaig acceptar sense saber sobre què podria escriure. Què em fa sentir l'alegria de viure?, em preguntava. Les flors, els amics, la música, el mar. Tantes coses!

Em costa triar el tema, li vaig confessar a l'Ester, compungida. I després de rumiar-hi uns quants dies, potser setmanes, vaig anunciar-li: escriuré sobre les coses —diverses— que em fan feliç.

I vaig començar a escriure aquests capítols que llegireu a continuació. Coses, llocs, persones que m'ajuden a ser feliç. Ha resultat inevitable —i tampoc he volgut evitar-ho— mirar molt enrere. No he escrit unes memòries, però sí que he repassat la meva vida per anar trobant tot allò que m'ha fet sentir *la joie de vivre*.

Us convido a llegir-me, amb la intuïció que molts de vosaltres podreu sentir-vos-hi identificats. Perquè, al cap i a la fi, no som pas tan diferents, i qui no sent l'alegria de viure amb els llibres, cantant o portant a casa un ram de flors fresques?

Són coses senzilles que ens aporten petites dosis de felicitat. Punts de claror en una quotidianitat que de vegades pot ser fosca.

Aquesta idea —els punts de claror enmig de la foscúria— l'he manllevada d'un poema que va escriure la meva mare. La seva poesia ha il·luminat sempre la meva vida i aquest és un bon moment per retre-li homenatge. Aquests són, d'altra banda, uns dels meus versos preferits. Formen part de «Poema», que s'inclou al seu llibre *Interiors*.

POEMA

Hi va haver un temps, tot ple de lluminàries,
que jo escrivia versos en un àmbit
fill del seu gest, atent a la paraula
rebel a l'ham amb què la percaçava.

Eren instants, espais entre vertígens,
amb veus d'infants de fons, i sons de cuina,
punts de claror com illes molt petites
on, tal vegada, el vers recalaria.

Ara tinc tot el temps i un llarg silenci.
Els mots, esquerps, són peixos que s'esmunyen.
Només si el mullo en plor puc dir el poema
que ens va lligar per sempre. I neix la calma.

ELS MEUS ESTIUS A CORNUALLA

Jo devia tenir tretze anys i encara devorava els llibres d'Enid Blyton. Tingueu pietat de mi: érem a començament dels setanta i les noies d'aquesta edat —sobretot les que anaven a un col·legi de monges, com és el cas— érem tan innocents que algunes encara jugaven a nines. Jo no hi jugava perquè mai no em va agradar gaire. Des de feia ja uns quants anys, la meva veritable passió era la lectura.

Aprofitava totes les estones lliures per llegir, sobretot a les llargues tardes d'estiu: estirada al llit de bocaterrosa, el cap recolzat a les mans, un costum que he pagat d'adulta en les meves cervicals. Llegia també a les nits, quan els pares ja m'havien fet anar al llit i m'havien apagat el llum amb un bona nit afectuós, l'un o l'altra, de vegades l'un darrere l'altra. Cada nit seguia el mateix ritual: em posava el pijama, m'enfilava al llit i em posava de genolls per fer un petó a la marededeu de fusta que tenia penjada a la paret. Damunt del llit de la meva germana n'hi havia una altra de semblant. La seva era rossa, la meva, morena. Després els pares tancaven els llums i jo resava tres parenostres: un per l'avi Quim, un per l'avi Antònio —tots dos morts— i un tercer per demanar que em vingués la regla. La majoria de les nenes de la meva classe ja la tenien i jo em delia per poder parlar de compreses i dolors al baix ventre, en lloc de quedar-me callada i sentir-me una marginada quan parlaven d'aquest tema. A més, havia sentit a dir que si no em venia la regla no podria tenir fills. No recordo que això fos el que més m'amoïnés, però.

Un cop resada, agafava una lot que guardava en un amagatall, em tapava cap i tot amb els llençols i la manta i llegia. La meva germana gran mai no deia res. No sé si s'adormia de seguida o feia els ulls grossos davant de la meva trapelleria.

Però la lectura d'amagatotis, a la nit, no era l'única ni segurament la pitjor infracció que cometia. Sovint llegia els llibres d'Enid Blyton —que em tenien absolutament enganxada— a l'hora que suposadament havia de destinar a fer els deures o a estudiar. Tancada a la meva habitació, asseguda a la taula d'estudi, obria el llibre de geografia o allò que es va posar de moda a l'EGB i que en dèiem «fitxes» i a dins hi posava *Tercer grado en Torres de Mallory*. En un tres i no res em traslladava de la grisa Badalona dels anys setanta a la costa de Cornualla, al sud d'Anglaterra.

I en una d'aquestes estava quan es va obrir la porta de l'habitació i va entrar la meva mare.

La meva mare era professora de literatura i una dona de caràcter. M'imagino que ara moltes mares i pares que em llegeixin sospirarien per veure els seus fills llegir com ho feia jo. Però la meva mare m'havia renyat desenes de vegades per llegir novel·les quan hauria d'haver estat estudiant. Així que aquell dia —que devia estar especialment de mal humor—, sense dir-me ni una paraula, va anar directa a la finestra de la meva habitació, la va obrir i va començar a llençar a l'exterior els llibres de Los cinco, Santa Clara i tot el que va anar trobant.

Encara vam tenir sort que la finestra donava a una mena de celobert amb un teuladet d'uralita i els vaig poder recuperar. Va ser una escena memorable.

Faig un exercici de memòria per recuperar alguns d'aquells llibres que —beneïts siguin— van crear-me l'addicció a la lectura. Sense cap mena de dubte, el nom de l'escriptora anglesa Enid Blyton hi apareix amb llums de neó. A hores d'ara no he acabat de descobrir per què aquelles històries, situades en un paisatge que desconeixia, protagonitzats per nens i nenes que tenien poc en comú amb mi, van arrossegar-me i em van fer descobrir aquest immens plaer que m'ha acompanyat tota la vida: la facilitat de submergir-me en una història que em porta lluny de la realitat. No sé quin era el secret d'Enid Blyton, però alguna virtut devia tenir perquè va crear centenars de milers de petits lectors arreu del món.

Com probablement sabeu, Enid Blyton va ser una autora molt prolífica i va escriure diverses sèries protagonitzades pels mateixos personatges. A mi, les que més m'agradaven, amb molta diferència, eren les dues ambientades en internats femenins ubicats a la costa de Cornualla: Torres de Mallory i Santa Clara. En aquell moment m'hauria encantat ser una d'aquelles nenes angleses que jugaven al *lacrosse* i bevien *cerveza de jengibre.* Ho dic en castellà perquè, evidentment, als anys setanta encara no s'havia traduït la Blyton al català. Ara, quan penso en aquelles protagonistes que vaig estimar tant —la Darrell, les bessones O'Sullivan, etc.—, més aviat em fan pena. Passaven tot l'any tancades a l'internat, lluny dels seus pares, sotmeses a la rigidesa de les normes de l'educació britànica de mitjan segle XX, patint les inclemències dels hiverns anglesos. Esclar que tampoc es pot dir que les nenes catalanes nascudes els seixanta que anàvem a un col·le de monges gaudíssim d'una educació gaire moderna.

Per aquella època vaig fer la meva primera temptativa com a escriptora. En una llibreta d'espiral de fulls quadriculats vaig començar a escriure una novel·la titulada *Vuelven los ingleses.* Escrivia en castellà, sobretot perquè el noranta-cinc per cent del que jo llegia era en aquesta llengua i l'havia titulada així pel simple motiu que em proporcionava l'excusa per fer-hi sortir personatges que es deien Mike, Pam o Sally, com a les novel·les que jo devorava. La història començava quan la nena protagonista rebia la notícia que els amics anglesos que havia conegut l'estiu anterior tornaven per veure-la. Vaig escriure'n deu o dotze pàgines.

Després d'Enid Blyton, vaig llegir una altra sèrie que també passava en un internat. La protagonitzava la nena danesa Bente Winter, a qui tothom coneixia amb el sobrenom de Puck. La seva autora, Lisbeth Werner, hauria escandalitzat de valent la pobra senyora Blyton. Per començar, els internats eren mixtos. Una altra diferència amb els internats anglesos era que, al de Lisbeth Werner, els alumnes s'hi estaven per un motiu justificat. La Puck, per exemple, era òrfena de mare i el seu pare era un enginyer que treballava a Valparaíso.

Heu de saber que no m'ha calgut buscar enlloc on treballava el pare de la Puck. Amb la memòria pèssima que tinc per a les dates històriques o altres coses molt més útils, és sorprenent com retinc, quaranta anys després, bestieses com aquesta de Valparaíso i tantes altres. L'habitació que la Puck compartia amb tres companyes es deia *El trébol de cuatro hojas* i la del costat, *La flor del guisante.* Us podeu creure que me'n recordi?

A la contraportada dels llibres de la Puck, hi havia el dibuix d'una nena de cabells negres i a l'entorn unes lletres que deien: «cabecita loca pero gran corazón».

Quan em vaig haver afartat de les històries d'internats, vaig posar-me a llegir les novel·les italianes de la col·lecció «Violeta» de l'editorial Molino. Eren uns llibres més grans, amb unes il·lustracions precioses, la majoria dels quals protagonitzats per adolescents que buscaven la seva vocació. Així de memòria, em venen al cap aquests títols: *El debut de Laura*, *Una doctora y media*, *Un juez muy gentil*, o la meva preferida: *Chicas, ¿fundamos un club?* Només em ve al cap el nom d'una autora: Rossana Guarnieri.

També recordo amb molt d'afecte un llibre que em va robar el cor. Es deia *Un castillo en el camino* i la seva autora era María Marcela Sánchez Coquillat.

Recordo que em va impressionar molt l'arrencada d'aquesta novel·la: un home i els seus quatre fills viatgen en cotxe i els nens no paren de barallar-se. Després d'uns quants advertiments, el pare diu que ja n'hi ha prou, atura el cotxe al voral de la carretera i els fa baixar. Després arrenca i els deixa allà plantats. Era una escena que em resultava molt familiar, així que em vaig identificar immediatament amb aquells nens abandonats. Es feia fosc i, morts de por, acabaven trucant a la porta d'una gran casa que hi havia davant del mar.

La història era entretinguda i tenia final feliç: els germans coneixien la jove vídua i la seva filla que vivien a la casa, que els acollien durant uns dies. Eren unes vacances meravelloses i finalment descobrien que tot havia estat un estratagema del seu pare, que es volia casar amb la vídua i no havia trobat una manera menys enrevessada de dir-los-ho.

Com que l'autora era barcelonina, la novel·la estava plena de referències catalanes, però estaven tan camuflades que em va costar anys reconèixer-les. La fira de Santa Llúcia hi apareixia com un «mercado de Navidad cercano a la catedral», i també dedueixo que el *castillo* del títol era una casa de rics de la Costa Brava.

Per escriure això, busco María Marcela Sánchez Coquillat a Google i el primer que em surt és l'esquela de *La Vanguardia*. Va morir l'abril del 2020 als noranta-sis anys.

Aquests eren els llibres que llegia per recomanacions de les meves amigues o, qui sap, de les mateixes monges. Però a la meva infància també va haver-hi lectures més —com podríem dir-ho— profitoses. Eren els llibres que em regalava la meva mare que, com ja he dit, era professora de llengua i literatura i, quan trobava una estoneta, escrivia poemes i algun relat.

Gràcies a ella, doncs, entre volums de Santa Clara i llibres de la Puck, vaig descobrir la meravellosa *Pip-*

pa Mediaslargas, molt abans que es fes popular a tot el país gràcies a una sèrie de televisió amb el nom de Pippi Långstrump. No cal que aprofundeixi —per sabut— en el fet que els valors que transmetia l'obra d'Astrid Lindgren no tenien res a veure amb la retrògrada Enid Blyton o amb el romanticisme de les novel·les italianes. La Pippi era una nena valenta i independent, que en lloc de patir pel seu aspecte físic s'enorgullia de les seves pigues i que en lloc de buscar el príncep blau, volia ser pirata.

Una altra heroïna literària de la meva infantesa va ser la *Paulina* d'Ana María Matute. Era un llibre quadrat, de tapes blanques, amb una il·lustració molt minimalista a la portada. Me'l van portar els Reis i d'entrada no em va fer gaire gràcia. Però aviat em vaig enamorar d'aquella nena malalta a qui li feia molta recança haver d'esdevenir adulta.

Si la Pippi em va ensenyar que no calia respectar sempre les normes, que ser diferent podia ser una bona cosa i que les nenes també poden ser valentes, la Paulina em va mostrar la importància de l'amistat i com plantar cara a algunes adversitats. Això sí, eren valors transmesos a través de la bona literatura. Sovint passa que es pretén fer arribar als lectors infantils algunes idees infiltrades en contes escrits de qualsevol manera.

Una amiga de la meva mare em va regalar un dia *Óscar en el laboratorio*. I aquell noiet creat per Carmen Kurtz es va incorporar a la colla d'amics que havia trobat en els llibres. La sèrie d'aventures de l'Óscar i la seva oca, la Kina, estaven plenes d'una fantasia enlluernadora. Ara, tants anys després, m'adono que aquestes tres autores que em van fer feliç en una etapa de la meva vida, Astrid Lindgren, Ana María Matute i Carmen Kurtz, van ser, cadascuna en el seu estil, unes lluitadores en el terreny dels drets de les dones. Gràcies a totes tres.

Però no puc acabar de parlar de la felicitat que em va proporcionar la lectura quan era petita sense parlar d'Elena Fortún i la seva meravellosa Celia.

Elena Fortún —pseudònim d'Encarnación Aragoneses— va començar a escriure per a nens a la revista *Blanco y Negro* l'any 1928. El personatge de Celia, una nena espavilada, que posava en qüestió el món dels adults amb unes sortides i entremaliadures molt divertides, va tenir tant d'èxit que l'editorial Aguilar li va proposar fer-ne una sèrie de llibres. El primer volum, *Celia, lo que dice*, es va publicar l'any 1929. La meva mare, nascuda un any abans, va llegir tota la col·lecció i els exemplars ens van arribar, a la meva germana i a mi, en força bon estat. Eren uns llibres quadrats —encara els guardo, ara ja molt malmesos— amb unes il·lustracions vintage que enamoren. Gràcies a Celia —a Elena Fortún—, la meva mare, la meva germana i jo vam compartir un món ple de noms estrafolaris —Cuchifritín, Matonkikí— i d'ocurrències divertidíssimes. La meva germana i jo encara ens sabem de memòria l'arrencada del llibre *Celia, madrecita*: «Mamá murió en otoño, al mismo tiempo que nacía María Fuencisla y cuando yo todavía estudiaba llorando por las noches, recibí una carta del abuelo que decía...».

Aquell món de la literatura infantil es va acabar quan jo tenia quinze anys. La meva mare va interrompre un dia una d'aquestes lectures per ensenyar-me un llibre: «Sílvia, ara ja hauries de començar a llegir coses amb una mica més de substància. Llegeix aquesta novel·la, que t'agradarà». Era *La plaça del Diamant*. La meva mare tenia raó. La Mercè Rodoreda em va enlluernar —i ho faria en tots els casos a partir d'aleshores— i sempre més he recordat la sensació que vaig tenir en acabar el llibre: «Això és el que jo vull fer».

UNA VIDA ITINERANT

Des del meu naixement fins al moment que escric això he viscut a deu cases o, més ben dit, pisos. La veritat és que en tots s'hi estava prou bé però, esclar, en la meva memòria cada pis hi té un pes diferent en funció, bàsicament, del que jo hi vaig viure o del que la meva família m'explica que hi vam viure —si jo era massa petita per recordar-ho. De la majoria d'aquestes cases me'n vaig acomiadar amb tristesa perquè soc enyoradissa de mena i sabia que trobaria a faltar els espais on vaig créixer i ser feliç, fins i tot aquells on vaig plorar de valent.

Com tothom, jo també desitjo allò que no he tingut, així que el somni de la meva vida —impossible de realitzar— és haver viscut en una casa de planta baixa amb jardí, una casa que guardés entre les seves parets històries dels meus avantpassats. De les cases familiars me n'han arribat només alguns noms: Can Cuca, a Bàscara, Cal Masiu, a Riudecanyes, o Can Poc-oli, a Palafrugell. M'agradaria haver-les conegut, saber les raons d'aquests malnoms, haver trepitjat els seus rajols i acaronat les parets de pedra. «De tot en fas literatura», deia la meva mare (ella, de qui ho he heretat!).

La realitat és que la feina del meu pare va arrencar aquell matrimoni jove i enamorat que eren els meus pares de la seva Figueres natal, i van decidir emprendre una vida itinerant que ens va oferir tota mena de comoditats i possibilitats, però que els va convertir a ells en uns exiliats i a mi i els meus germans en uns desarrelats.

Fent-ne un repàs, crec que de la desena de pisos on he viscut, el que s'adeia més a aquesta meva passió per «fer literatura» és, justament, del que no puc guardar-ne cap record perquè hi vaig viure els tres primers anys de vida. Tant li fa, els meus pares i la meva germana gran van encarregar-se d'explicar-ne detalls i anècdotes i, com que el pis encara existeix, puc anar-lo a veure si em ve de gust. La gràcia d'aquell pis era —continua sent— l'entorn on està situat.

La plaça de l'Estrella és el nucli central d'un barri

d'Olot anomenat l'Eixample Malagrida que, segons llegeixo, es va començar a urbanitzar l'any 1916 seguint l'estil de les ciutats jardí angleses, per impuls de l'empresari del ram del tabac Manuel Malagrida. El va inaugurar el rei Alfons XIII en una visita a Olot. Els carrers són amples i arbrats i hi ha unes cases magnífiques amb uns jardins impressionants. Encara recordo l'estupefacció del meu marit la primera vegada que hi vam passejar, ell acabat d'arribar de Jaén —una zona que sempre ha viscut pendent de la falta d'aigua—, quan va veure aquelles voreres plenes d'herbei. Només un clima com el de la Garrotxa permet tal cosa i facilita la varietat i l'esplendor de la vegetació. És un plaer passejar per l'Eixample Malagrida («el barri de les cases riques») i entrellucar les entrades elegants de les cases noucentistes, amb els jardins plens de cedres, lledoners i avets blaus.

Doncs a la plaça de l'Estrella, al costat d'aquestes cases espectaculars, als anys seixanta hi van construir un edifici de tres plantes de totxana vermellosa, amb uns pisos discrets, força moderns per a l'època. L'habitacle està envoltat per una petita zona enjardinada. En paraules del meu pare, érem «els més pobres dels rics o els més rics dels pobres».

En aquell pis hi vam viure alguna nevada important i una crescuda del Fluvià que, segons recordava la meva mare, va fer tremolar els quadres a les parets.

A la plaça de l'Estrella hi teníem uns veïns amb dues nenes. Una es deia Renata i l'altra Jovita; eren gent original. Quan la mare es va quedar embarassada de mi, va començar a dir que em podien posar Renata, però el pare va trobar que el nom —tot i ser bonic— era massa extravagant. Després va néixer la nena d'una de les famílies riques de l'Eixample Malagrida i li van posar Adriana. El pare va trobar que era un nom a tenir en compte, però la mare va suposar que «tothom es pensaria que ho fem per imitar els Tal». Així que finalment em vaig dir Sílvia.

També teníem uns veïns molt rics, que vivien en una casa de conte. La meva germana quedava embadalida perquè al jardí hi tenien una piscina i la meva mare, un dia que la senyora de la casa la va convidar a entrar, va quedar tan impressionada que ho va escriure en el seu diari:

«El saló i el menjador tenien un aspecte decadent, subratllat per una fortor de resclosit. La taula, rectangular, era immensa. De pertot arreu es veia el jardí. Hi havia una caixa de núvia i altres mobles sumptuosos. La senyora T. va començar a obrir calaixos i en treia plats de Llemotges pintats a mà, amb una gran sanefa daurada, cada un diferent, perquè cada membre de la família tenia el seu. Les copes eren de plata massissa, dissenyades per un joier del passeig de Gràcia, i tenien un peu abarrocat de pàmpols i raïms i n'hi havia de totes les mides: una fortuna. La coberteria tenia un nombre de peces tan gran que ocupava deu calaixos. N'hi havia alguns que no sabia per a què servien. També hi havia una gallina i un gall de plata que eren el saler i el pebrer.

»El matrimoni dormien separats, ell en una habitació isabelina i ella en un llit barroc amb columnes salomòniques. Als armaris encastats, la roba estava guardada escrupolosament en fundes de plàstic (tret dels abrics de pell, en fundes de roba). Restes d'una vida principesca, en aquells anys cinquanta que tanta gent anomenava "los años del hambre"».

El pis de la plaça de l'Estrella és, doncs, el lloc més bonic on he viscut però del qual guardo menys memòria. En aquest terreny, el de la memòria, el pis que escric amb lletres més gruixudes a la llista (sense comptar el que visc des de fa vint anys i on espero envellir) està situat al número 150 de l'avinguda Martí Pujol (conegut popularment com la Riera) de la ciutat de Badalona.

A l'edifici que hi ha en aquesta cantonada, la meva família hi ha viscut dues vegades. La primera, al primer pis, i la segona, al quart. Us explico com va anar.

En aquest punt hi ha un edifici que es va construir l'any 1969, damunt de les oficines del Banco Hispano Americano. Hi vam anar a viure, al primer pis, perquè el meu pare era el director d'aquesta oficina. Van ser uns anys familiarment molt feliços. Recordo la meva mare sempre atrafegada —la casa, tres fills, la seva feina de professora i «poeta de diumenge a la tarda»—; el meu pare en una etapa professionalment pletòrica, satisfet cap de família; tots dos podien començar a gaudir del sacrifici que havien fet marxant de Figueres i no havien de patir per l'economia, es permetien algun viatge i començaven a somiar a comprar una segona residència a l'Empordà on, si tot anava bé, acabarien vivint quan es jubilessin; els meus germans i jo estàvem plenament integrats a la vida badalonina. Per això, quan l'any 1976 el meu pare ens va comunicar, al final d'un dinar o d'un sopar, que ens havia d'explicar una cosa important —la meva mare amb cara compungida fent-li costat—, la meva germana i jo vam començar a plorar abans de sentir la primera paraula. El meu germà, que era petit i despistat, ens mirava desconcertat.

L'anunci era que el banc havia proposat al pare anar a dirigir l'oficina de Terrassa i que ell ho havia acceptat. Es van redoblar els plors i van començar els retrets i les preguntes: No pots negar-t'hi? Haurem de canviar de col·legi! Terrassa no té mar!

Els crits i les protestes no van servir per a res, i el curs que jo feia segon de BUP ja vam començar-lo a Terrassa, anant i venint el meu pare, el meu germà i jo (la meva germana ja anava a la universitat) mentre feien obres al pis on ens havíem d'instal·lar.

Ens havíem de llevar molt d'hora, i per dinar anàvem tots tres a un bar que estava a prop del banc i de les escoles respectives que es deia El Quijote i els entrepans es deien Dulcinea, Rocinante i Sancho Panza.

Finalment va arribar el dia del trasllat. Jo ja havia fet amigues a l'escola de Terrassa i, per tant, pensava que el comiat no seria tan terrible, però ho va ser.

Durant molt de temps, el dia més trist de la meva vida —la vida encara havia estat benèvola amb mi— va ser quan vaig entrar al pis de Martí Pujol mentre els de la mudança recollien les últimes coses. Recordo aquell darrer deambular per tota la casa i arribar a la meva habitació i veure-la buida, les parets despullades amb els claus disseminats aquí i allà. Em van saltar les llàgrimes i la mare em va empènyer perquè marxéssim. Vam passar la nit a l'Hotel Miramar mentre la nostra vida dormia en uns camions que l'endemà al matí van arribar a Terrassa.

El pis de Terrassa és, probablement —en termes objectius—, el millor en què hem viscut. Com que era antic i havia estat molts anys deshabitat, el BHA va autoritzar els pares a fer-hi les reformes que consideressin convenients. Per a la meva mare va ser un regal: va dibuixar plànols, va fer una nova distribució, va tirar envans a terra i va triar les rajoles, els sanitaris i els mobles de cuina. Era un pis enorme i situat al rovell de l'ou de la ciutat, al carrer Major, a tocar de la plaça Vella.

La cuina va quedar preciosa, blanca i lluminosa, amb detalls de color taronja i blau marí i una barra que fèiem servir per esmorzar (ara és molt habitual, però aleshores resultava modern). La meva habitació també era una meravella, molt àmplia, amb una porta de dos batents que m'encantava i uns finestrals que l'omplien de llum. També teníem una terrassa imponent on el meu germà i jo jugàvem a ping-pong i organitzàvem vermuts els diumenges al migdia.

La meva mare va trobar feina a l'Escola Vedruna, on jo estudiava —cosa que em mortificava però a la qual ja estava acostumada des de Badalona—, i el meu germà va canviar la pilota de bàsquet per l'estic d'hoquei. La meva germana, com que tenia el nòvio i la feina a Badalona, ja feia poca vida amb nosaltres.

Quan tot semblava a lloc, el meu pare va començar a tenir «un mal de cap estrany» que, aleshores no ho sabíem, era el principi del sotrac més cruel que havia de patir la nostra família.

Mentre jo em divertia amb una colla d'amics estupenda i m'enamorava per primera vegada, els meus pares iniciaven un calvari que els portaria de metge en metge fins al diagnòstic final: un tumor cerebral, aparentment benigne però molt difícil d'operar.

Després de la primera intervenció, que va anar bé però no va aconseguir erradicar tot el tumor, el banc va oferir al meu pare la possibilitat d'anar a l'oficina central del passeig de Gràcia per apartar-lo de l'estrès d'una oficina tan important i complicada com era la de Terrassa a final dels anys setanta.

I per primera vegada en molts anys, podíem triar

el lloc de residència. Jo desitjava desesperadament quedar-me a Terrassa però, tot i que vam complir amb el ritual democràtic de votar, jo ho tenia tot perdut perquè la meva germana ja s'havia casat i vivia a Badalona, cosa que arrossegava els meus pares cap allà. La idea era viure-hi fins a la jubilació i després tornar cap a l'enyorada Figueres.

Enmig de la tragèdia, els meus pares van tenir un cop de sort perquè, quan van voler tornar a Badalona, estava en venda el quart pis de l'edifici on havíem viscut anys enrere, aleshores al primer. No van dubtar a comprar-lo i va ser una mica com tornar a casa.

Era un pis lluminós, amb un menjador molt ampli, on encaixaven perfectament els mobles fets a mida uns anys enrere. La meva àvia materna, quan va venir a passar-hi uns dies des de Figueres, de seguida es va acostar al balcó —una de les seves activitats preferides era seure rere els vidres per contemplar la vida a la ciutat. La recordo la mar de contenta: «El que més m'agrada d'aquest pis és que puc veure la Sagrada Família». Se'ns escapava el riure, però ningú va voler desenganyar-la i aclarir que, en realitat, estava mirant embadalida les xemeneies de la Fecsa.

Si en el primer pis de l'edifici hi havíem viscut els

anys més feliços, en el quart hi vam viure els més dolorosos. El meu pare va morir dos anys després d'haver tornat a Badalona, després d'una segona operació. Quan el van portar a casa, la mare ens va dir si volíem entrar a veure'l —a veure el seu cadàver— a l'habitació de matrimoni. Aquell caminar lent pel passadís, amb el meu germà darrere meu, no el podré oblidar per anys que visqui. Vaig agafar la maneta de la porta i no sabia si girar cua i arrencar a córrer o entrar. Encara ara dubto si vaig fer bé de triar la segona opció. Però tant el meu germà com jo —setze i vint anys, respectivament— necessitàvem fer-nos els valents, convèncer-nos que ens en sortiríem.

Després d'això van venir un parell d'anys de dol intens i, a poc a poc, ens vam anar refent. Aquell pis va tornar a ser el lloc de trobada familiar, la meva mare va acabar adaptant-se a la idea de viure-hi sola i cada any hi feia una reforma o altra. Hi vam celebrar festes de tota mena, sempre amb una absència al cap de taula.

Poc després de jubilar-se, a la mare li van diagnosticar un càncer de còlon. Va morir l'agost de 1998 en aquella mateixa habitació on havíem vist el pare mort. Però aquesta vegada tot va ser diferent: nosaltres havíem madurat i la mort va ser tranquil·la, amb els tres fills entorn del llit.

D'aquell pis que com us deia és, de tots els que he viscut, el que més considero «la casa familiar» o, almenys, «la casa dels meus pares», en vaig sortir amb la respectable edat de vint-i-set anys, per anar a viure amb una amiga.

Després de la mort del meu pare, el meu germà i jo —la meva germana ja era casada i va tenir el seu primer fill un mes després de la data funesta— vam passar un dol llarg i intens amb la mare. Recordo posar les claus al pany (tornant de l'alegria vital dels meus vint anys al món exterior) i sentir immediatament els sanglots de la mare, que m'esperava asseguda al sofà, amb un llibre de poesia a les mans i la cara plena de llàgrimes. Encara se m'encongeix el cor. Al seu rostre hi veia desconsol i retret, perquè en aquella època jo estava enamorada d'un home que ella trobava l'ésser més immoral del planeta (i probablement estava ben situat en aquesta cursa).

Així que quan la meva amiga Montse em va dir que s'havia separat i que tornava a viure a Badalona i que si m'agradaria compartir pis, jo vaig fer un a bodes em convides com una catedral. La meva mare es va mostrar dolguda durant un parell de mesos: «Si te n'anessis per casar-te seria diferent», deia, compungida.

No vaig cedir a la pressió i, les coses com siguin, un cop va veure que la decisió tirava endavant, la mare em va ajudar tant com va poder i ella mateixa va haver d'admetre, temps després, que la nostra relació va millorar moltíssim sense les dificultats de la convivència (i perquè jo havia deixat «aquell mal tipus»).

Per descomptat, jo mai no vaig reconèixer davant d'ella com vaig enyorar les comoditats que havia perdut deixant el pis de la Riera pel del carrer Magatzem.

El pis ens havia seduït, sobretot, perquè estava situat a la zona de baix a mar, a prop de la nostra estimada Rambla i, per tant, de la platja. I aquesta virtut va resultar ser el pitjor dels defectes! Com tots els pisos antics de la zona, el nostre era humit fins a extrems desesperants. Hi feia un fred esgarrifós i les peces de roba se'ns florien a dins de l'armari, perquè us en feu una idea. Quan arribava a casa, em treia el jersei que duia per posar-me'n un de més gruixut.

La Montse i jo érem amigues des de molt petitones. Recordo l'eufòria del dia que ens van donar les claus i hi vam anar. El pis buit i nosaltres rient i xisclant, anant d'una habitació a l'altra, imaginant una vida nova i excitant. Vam acabar totes dues al menjador, que tenia una tribuna amb vidrieres on aquella hora hi tocava el sol. «Aquí hi posarem una taula *camilla*» —vam dir. «S'hi estarà molt bé». I la vam encertar. Van ser hores de xerrades, de lectures, de partides d'estrella xina. L'únic racó de la casa que era realment confortable a les hores de sol.

Hi vam viure quasi tres anys. Vam adoptar un gat que jo vaig guanyar en una partida de pòquer i que es va dir Dalí. Esmorzàvem en aquella cuina enorme i freda, sovint abrigades amb el nòrdic del llit, assegudes al marbre amb les cames penjant i explicant-nos les aventures de la nit anterior. Vam comprar un sofà de vímet —moníssim— perquè era molt barat, vam pagar un dineral per fer-hi coixins a mida i entapissar-los. I vam acabar canviant-lo perquè era incomodíssim. Hi vam convidar amics a sopar i vam fer festes extraordinàries.

Després jo vaig marxar per casar-me, amb un andalús més jove que jo. La Montse es va casar amb un brasiler més jove que ella. Ella es va quedar embarassada i després jo. Es va morir la seva mare i poc després la meva. Van néixer els nens amb quinze dies de diferència. Dos anys després em vaig quedar embarassada, i ella també. Els petits es porten vint dies. Encara som amigues.

Acabats de casar, el meu home i jo vam llogar un pis a l'avinguda Martí Pujol —era la tercera vegada que vivia a la Riera—, però força més avall que a casa dels meus pares, tocant a l'estació. Els primers mesos sentíem tots els avisos de megafonia de la Renfe però, tal com havia pronosticat el de la immobiliària, al cap de dues o tres setmanes ja no sentíem res. Potser el record més bonic que guardo d'aquell pis és la primera nit que hi vam dormir. Ens havien donat les claus i, tot i que encara no ens havíem comprat el llit, vam decidir passar-hi la nit. Vam posar una manta a terra i vam dormir abraçats. Les rajoles eren dures i fredes, però el futur que teníem davant nostre era rutilant.

Vam viure-hi uns anys molt feliços i jo, per primera vegada, vaig tenir ordinador, i a les tardes, acabada la jornada a Catalunya Ràdio, vaig començar a escriure amb més constància i ambició que els anys anteriors.

L'any 1995 va néixer el nostre fill gran. I a partir d'aquell moment, i per força anys, la meva existència es va centrar en l'experiència de la maternitat, enfosquida només per la malaltia de la meva mare, quan feia poc que s'havia jubilat.

Tot i estar pendent dels metges, la meva mare —que sempre ens recomanava a tots els fills que ens compréssim un pis— va avisar-nos que estaven fent una promoció nova a la mateixa Riera, una mica més amunt de casa seva (era el quart habitatge que ocuparia en el mateix carrer). Va resultar una bona oportunitat per a nosaltres i ens vam comprar un pis petitó però molt bonic, que ens va fer molta il·lusió poder estrenar. Al cap de molt poc de ser-hi va néixer el nostre segon fill i, només uns mesos després, en ple agost, moria la meva mare.

Aviat, ens vam adonar que el pis on vivíem era massa petit per a una família de quatre. Molt a prop de casa s'hi feien uns pisos i vam tenir la sort de reservar-ne un, el pis on encara vivim (el cinquè pis de Martí Pujol on visc!). El dia que fèiem el trasllat em vaig adonar de sobte que aquell pis que em feia tanta il·lusió, el pis d'on ja no voldria moure'm, la meva mare ja no el veuria. Adonar-me d'aquesta evidència em va fer esclatar en plors. Vaig continuar omplint caixes i movent mobles eixugant-me les llàgrimes. I llavors va passar una cosa que fins ara no havia explicat gairebé a ningú i que encara em fa posar la pell de gallina. Vaig arrossegar un moble de calaixos, apartant-lo de la paret, i vaig notar que alguna cosa lliscava fins a terra. Ho vaig recollir: era un targetó dels que la meva mare enviava cada any als amics per commemorar la mort del meu pare, amb un poema escrit expressament per a l'ocasió. El que vaig trobar aquell dia, mentre feia l'enèsim trasllat de la meva vida, deia així:

D'ençà que tu no hi ets
hi ha hagut canvis a casa.
D'alguns d'ells, fins i tot,
en sóc jo la culpable.
Mobles, llibres, coixins,
vestits, perfums, pintura,
amics, veïns, lectors,
horaris, cotxes, dolços,
reunions, casaments,
viatges, malalties
i els néts, oh, sí, els néts
el nom dels quals ignores.

Perdona'm per anar
—tan barroerament—
mudant el panorama
que deixares.

El reconeixeries?
Ens reconeixeries
tal com érem?

De vegades m'espanta
tanta metamorfosi,
la por de no trobar-te
enmig del nou paisatge.

M'aconsola només,
veure com tots i totes
enlairem el teu nom
per damunt de tot canvi
i sentim que, en el fons,
romans inalterable
sobre tota mudança.

No crec en els esperits, però sí en les casualitats beneïdes com aquesta, que em va permetre saber que tant a la meva mare —la poeta— com al meu pare —de qui parla el poema— me'ls enduia al pis nou, aquest on visc, i que serien amb mi per sempre.

En aquest recorregut sentimental pels pisos de la meva vida, me n'he deixat dos, dels quals no tinc gaire record, pel poc temps que hi vaig viure. El primer era —encara hi és— al carrer de l'església de Calella de la Costa, just al damunt de l'oficina del BHA. El banc li va proposar el trasllat al meu pare quan feia sis anys que vivien a Olot i jo en tenia tres.

El boom turístic ja havia esclatat —la gent començava a dir-ne «Calella dels alemanys»— i es construïen hotels i blocs d'apartaments a dojo.

Per al meu pare era un ascens important, i un dels «privilegis» que tenia en aquell temps ser director d'oficina era que la família s'instal·lava en un pis propietat del banc, que solia estar just al damunt de l'oficina. A Calella, l'oficina bancària i el pis estaven en una cantonada del carrer de l'església, el carrer més comercial de la vila, molt a prop del passeig del Mar i de la platja.

El pis de Calella només el recordo vagament, amb l'ajuda d'una dotzena de fotografies que rondaven per casa dels pares. D'aquestes imatges se'n desprèn clarament que era un pis molt modern per a l'època. Hi ajudava que fos ben distribuït, sense aquells passadissos llargs que solien tenir els pisos antics, i molt lluminós. I en aquest aspecte hi té a veure, sobretot, la decoració. A les fotografies s'hi veu, per exemple, que a la sala menjador hi ha uns grans finestrals, coberts per unes cortines que criden molt l'atenció perquè són de color cru, amb uns dibuixos que semblen unes cigonyes negres molt estilitzades. M'adono que, dit així, semblen horribles, però no ho eren en absolut. Eren originals i atorgaven a l'estança un aire, com us deia, molt modern. En un racó d'aquesta sala hi ha un moble de fusta que imita una petita barra de bar fent cantonera. Hi ha fins i tot un tamboret alt de tres potes!

A l'habitació que compartia amb la meva germana hi havia dos llitets bessons. Els cobrellits eren d'un vellut prim de color verd billar, gens habitual a la cambra d'unes nenes petites. També hi teníem —això sí— unes marededeus de fusta als capçals, una de morena i una de rossa.

Parlant de la modernitat d'aquest pis de Calella —en la dècada dels seixanta, quan a les cases de les meves amigues encara hi havia aquells mobles antics, pesants i foscos, i quadres de natures mortes a les parets—, he de parlar de la meva mare, que era qui s'ocupava de la decoració. I aquesta és una paraula que es queda curta. La mare —com segurament moltes mares— era qui cuidava l'esperit de la casa, qui la feia respirar amb bon ritme. I arribats a aquest punt, m'agradaria fer dues consideracions sobre la meva mare —la poeta Carme Guasch—, que és molt probablement la persona que ha tingut més influència en la persona que escriu aquestes ratlles.

Com us he explicat, la feina del meu pare en el desaparegut Banco Hispano Americano (a casa, BHA, pronunciat be-hache-a) l'obligava a canviar sovint de residència si volia progressar. Cada trasllat significava un gran trasbals per a la família, en qüestions importants com la pèrdua d'amics, la feina de la meva mare, el canvi d'escoles i, en general, l'esforç d'adaptació a una nova realitat. Totes les famílies de directors de banc (parlo en masculí perquè aleshores no crec que hi hagués ni una sola directora d'oficina en tota l'entitat) patien les conseqüències d'aquesta mena de vida nòmada. Quan arribàvem a una nova destinació i ens instal·làvem al pis del banc, una altra família acabava de marxar-ne i s'estava adaptant a una altra ciutat. Recordo els pares comentant, estupefactes, que algunes d'aquestes famílies, com que sabien que del lloc on aterraven n'acabarien marxant més d'hora que tard, no es molestaven a equipar la casa més de l'estrictament imprescindible. «Ni tan sols posen cortines!», deia la meva mare, esparverada. La mare, per contra, decorava el pis fins a l'últim detall. En realitat, crec que aquest era un dels elements positius que li compensaven la dolorosa vida itinerant.

Tant en qüestions de decoració com en la roba, és a dir, en l'estètica, la meva mare era una dona de gustos contradictoris. Era, a la vegada, clàssica i moderna. O potser tenia l'habilitat d'estar oberta a les novetats i a l'avantguarda i en detectava allò que acabaria essent clàssic. Li agradaven les tradicions, però sempre estava disposada a mirar amb curiositat les innovacions. «M'exalta el nou i m'enamora el vell», com diria el seu estimat J. V. Foix.

Així, en les qüestions estètiques —la seva imatge, la casa, els fills— adoptàvem una singular barreja de classicisme i modernor que, per alguna raó que desconec, acabava harmonitzant.

La meva germana, per exemple, recorda com un suplici que, quan era petita (les nenes de classe mitjana es feien la roba a la modista encara), mentre les seves amigues vestien sempre de color blanc, rosa, groc pàl·lid o blau cel, ella havia de lluir peces fetes amb roba de quadres escocesos, o de color marró xocolata o gris marengo. Original i modern, vist des d'ara. Terrible per a una nena tímida a finals dels cinquanta.

Jo tampoc vaig estar gaire contenta de fer la comunió amb una austera túnica monacal, al costat de les meves amigues que, amb els vestits de princeses, ocupaven la meitat del banc de l'església.

L'últim pis de la llista és un que només ens va acollir un o dos anys. Va ser quan vam arribar a Badalona i el Banc encara estava construint l'edifici de Martí Pujol. Mentre acabaven les obres vam viure un temps en un pis llogat al barri de Dalt la Vila, que tenia una terrassa immensa. Aquella terrassa va ser l'escenari de la festa de la meva comunió —la mare va omplir de canapès una taula enorme presidida per una S gegant feta de clavells blancs—, dels primers *guateques* adolescents de la meva germana i d'hores i hores de jocs infantils que el meu germà i jo compartíem amb els veïns, un nen i una nena dels quals no recordo el nom. El nen era de la meva edat i no ens aveníem gaire a l'hora de triar jocs. Jo proposava princeses i pirates i ell tenia una singular preferència per les fantasies realistes: «Tu i jo estem casats i tenim dos fills» (els nostres germans petits); «Jo soc taxista i us porto amb el cotxe (ens feia asseure en cadires que simulaven el cotxe) al cine el diumenge a la tarda». Potser és per això que no en recordo ni el nom.

Els canvis de pis, els trasllats, la vida itinerant, van marcar, sens dubte, la meva família. Si ens haguéssim quedat a Figueres, al lloc on pertanyíem per naturalesa, on tenim les arrels, seríem uns altres.

No puc valorar si hauria estat millor o pitjor. No sé si els meus pares la van encertar marxant del seu estimat Empordà, només sé que ho van fer amb la millor de les intencions i que, tot i que aquesta opció els va fer patir molt, sempre van procurar entomar-ho amb optimisme.

Ho demostra aquest vers humorístic que va escriure la meva mare i que, com tants d'altres, vam acabar musicant. El resultat és una cançó molt divertida, que encara podria taral·lejar. El meu pare hi tenia traça, en la cosa de la música, i la meva germana i jo trèiem els acords amb les guitarres.

CANVIANT DE PIS

Quan em vull sentir feliç
i alegrar la meva vida,
res no em ve més a la mida
que anar canviant de pis.

Per conèixer bé el país
no hi ha com fer les maletes
i sobre quatre rodetes
anar canviant de pis.

El dia té un nou matís
i el camí, un altre paisatge
quan preparo l'equipatge
per canviar-me de pis.

Construeixo un paradís
amb un test i una cortina:
tothom que ve ho endevina,
tornem a canviar de pis.

I quan tot té el lloc precís
i ja he escrit Soler a la porta,

la sorpresa em deixa morta:
tornem a canviar de pis!

Però el trasllat que fa sis
no em fatiga ni m'espanta;
ja ho faig com aquell que canta
això del canvi de pis.

Si la vostra vida és gris
i us venç la monotonia
no tingueu pas cap mania:
canvieu, com jo, de pis
i veureu com tot canvia!

UN MOMENT PRODIGIÓS

La meva amiga i veïna Glòria i jo sortim a caminar cada matí. Quedem a les vuit i baixem directament cap al mar. El tenim a deu minuts de casa.

Quan arribem a la Rambla, semblem dues nenes petites, emocionades per descobrir quina imatge ens regalarà el mar avui.

De vegades és blau fosc, amb petites crestes blanques i uns quants nois asseguts a les taules de windsurf, perquè saben que la previsió diu que bufarà el vent que acabarà aixecant onades més grosses que ells cavalcaran. D'altres dies el mar és gris, un reflex perfecte del cel ennuvolat. Els dies de calma, el mar és d'un blau uniforme, pla com una bassa d'oli i els patins de vela sembla que llisquin damunt d'una roba setinada.

Gairebé cada dia, una de les dues repeteix com un mantra: quin privilegi. O que afortunades que som, o quin luxe.

En alguns moments de l'any, la nostra hora de caminar ens permet veure la sortida del sol. Aleshores, el sentiment que acabo d'expressar es multiplica per mil.

Mentre xerrem, hem vist de reüll una lluentor vermella en un punt de l'horitzó. Ja sabem per on sortirà. Seguim caminant i, tot d'una, veiem que la claror s'intensifica. Al mateix temps, els caminants que ens hem creuat, que són pocs, s'aturen i treuen el mòbil de la butxaca. Grups de nois i noies s'han assegut a la sorra. L'espectacle és a punt de començar i s'hi ha instal·lat un silenci reverencial que només trenca el pas del tren.

I llavors el veiem. Primer és una mitja rodona de color taronja, ben bé com el rovell d'un ou ferrat. Al cap de pocs segons es va alçant i creixent, arrodonint-se com una taronja fluorescent. Xisclem i aplaudim, obrim una boca de pam, repetim una i cent vegades com és de prodigiós el moment.

Reprenem la marxa amb el cap girat a la dreta, per no perdre'ns els canvis que es produiran al cel i al mar. Núvols encesos, reflexos metal·litzats. Una autèntica meravella.

LA CASA VERDA

L'any 1966, la meva mare, que a més de professora era, com ella mateixa solia dir, «poeta de diumenge a la tarda», va escriure, en to humorístic i per a consum intern de família i amics, un poema que parlava del seus fills, encara petits. Es diu «La cançoneta dels tres fills»:

La meva filla primera
no és diligent ni feinera.
A poc a poc
—ara em moc, ara no em moc—
es despulla i es pentina,
escriu o juga amb la nina;
lentament
estudia,

cus, somia
sense córrer ni un moment.
Només s'afanya, lleugera,
per menjar:
quan és l'hora de dinar
la meva filla primera
no té espera:
talla el pa,
pren la cullera
i no vol ser la darrera
d'acabar.

La meva filla segona
xiscla, pega, plora i pica;
enraona
mentre sanglota o somica;
fa enrenou
tant si neva com si plou.

«Li agrada tot allò que va de pressa
que es belluga i es mou,
tot el que creix i es vessa».
Mans a terra,
peus a taula,

dóna guerra:
ni amb paraula
ni amb la mà
no la podem governar.
Llepa xups dels de pesseta,
mai no du la cara neta;
els genolls són com un mapa
i a les mans hi ha un xic de tot.
Quan intentes dir-li un mot
se t'escapa,
se te'n fot.
Tota la casa la sent
quan somia:
nit i dia
treballa la fantasia
dintre del seu pensament.
La mentida
li ve a mida;
abraça, estima, somriu
i al més viu
d'enganyar-lo en sap un niu.

I dels meus fills, el tercer,
no en daríeu cap diner.

No està bé
si no botzina,
no camina
i ja vol assajar el pas.
Alça el braç,
cau i es torça,
estira els cabells amb força,
de la trona vol sortir.
Fa pipí,
trenca firetes
i amb delit fa ballmanetes.
No té gana,
no té son;
no li agrada la nana
ni el non-non.
Quan és l'hora de menjar
la sopeta
va damunt de la tauleta
si ell hi pot posar la mà.
El meu fill és molt pesat,
tot i que pesa tan poc!
Pel seu joc
jo no em moc
d'asseguda al seu costat.

El meu fillet més petit,
atrevit,
consentit,
m'esclavitza dia i nit.

Entre la filla primera
tan maimona,
la segona, tan rebel i xafardera,
i el tercer,
jo ja no sé què he de fer!

Tot i que jo només tenia 5 anys, em tenia ben clissada: «nit i dia treballa la fantasia dintre del seu pensament». El desig i la capacitat per imaginar és, segurament, un dels trets que més em defineixen i que explica que, superant no poques dificultats, m'entestés a escriure novel·les, fins a tenir el privilegi de poder-m'hi dedicar professionalment des de fa un bon grapat d'anys. Mentre vaig fer de periodista, el moment d'escriure —la crònica, la notícia, el guió, el que fos— era, de lluny, el que em resultava més plaent (molt més que no pas aconseguir la informació), però tot i així, no m'acabava de satisfer. Quan escric articles d'opinió m'ho passo molt bé, és una feina que em resulta interessant i plàcida la majoria de les vegades. Però allà on em sento plenament feliç, allà on sento que soc jo, és quan escric ficció, quan faig anar la imaginació i creo un món i uns personatges del no-res. Això explicaria també, suposo, per què essent filla de poeta no he escrit mai ni un vers. La poesia em sembla la més elevada de les disciplines artístiques i crec que no se'n pot aprendre. El do de la poesia es té o no es té. I jo no el tinc.

Jo, com us deia, tinc facilitat per comunicar-me i molta imaginació. De vegades, mentre estic treballant, m'aturo un moment i em repeteixo: pot ser que tingui la sort de guanyar-me la vida fent el que més m'agrada en aquest món? Bé, potser caldria matisar-ho perquè, entre escriure i llegir, el primer lloc del meu pòdium de plaers està ben disputat. Trobo un gran plaer en el fet que m'expliquin històries (novel·les, pel·lícules i sèries o escoltant de viva veu algú que tingui gràcia explicant-ne). Aquest plaer vaig començar a gaudir-lo essent molt i molt petita. Entre els meus records més antics hi ha els moments preciosos —i de vegades força llargs— que escoltava els contes que m'explicava la meva àvia.

La mare del meu pare, la *baba* Maria, era una dona riallera i grassoneta, molt afectuosa, senzilla, discreta i amb una gran imaginació. Com que el meu avi Quim va morir quan jo encara era petita, la recordo sempre sola en aquella caseta del carrer de Sant Roc de Figueres, un dels meus llocs preferits del món mentre ella va ser-hi.

A la casa s'hi entrava per una porta de ferro forjat que donava a un petit jardí on hi havia mates de flors de nit grogues i fúcsies (n'hi havia algunes que, com que naixien allà on s'ajuntaven les dues mates, tenien flors amb els pètals de tots dos colors, això em fascinava). També hi tenia alguns arbres fruiters; recordo que el més alt era un nesprer i unes parres que, quan s'omplien de penjolls de raïm, feien molta olor.

Al fons del jardí hi havia una escala estreta que duia a la galeria de la casa. Allà, al peu de l'escala, és on ens esperava habitualment la *baba* amb els braços oberts. Quan l'abraçàvem reia a cor què vols. He conegut poca gent tan riallera.

La casa era petita i els mobles antics que hi tenia, foscos i molt grans, encara l'empetitien més. Hi havia una cosa que em cridava moltíssim l'atenció: el bany era a fora a la galeria, en un quartet molt petit. Em resultava molt curiós, però mai no em vaig plantejar el fred que devia passar la meva pobra àvia si havia de fer pipí a mitja nit, en aquells hiverns gelats de Figueres.

El meu racó preferit era una taula *camilla* que hi havia rere els vidres que donaven a la galeria, allà on ella s'asseia per cosir i per llegir. Llegia novel·les d'aquelles tan barates que venien als quioscos (crec que les hi regalava algú), algunes d'argument romàntic i algunes —imagineu-vos si tenia ganes de llegir!— de l'oest. En aquell racó era on ens passàvem hores, la *baba* i jo (sovint amb algun dels meus germans), ella explicant-me uns contes que s'anava inventant a mesura que avançava. Jo —era molt pesada— només li demanava que no s'acabés. Sovint començava amb el famós «Hi havia una vegada una noia que es deia Maria Salamiento, *y que se la llevó el viento»*. Aquesta frase la deia en castellà perquè rimés (amb un accent empordanès que feia feredat). Després d'aquesta frase, tot era de collita pròpia. Que si bufava molta tramuntana i la noia era tan prima, tan prima, que se l'enduia volant i la deixava dalt del campanar. O un altre dia la noia es posava pedres a les butxaques per sortir a passejar...

Mentre explicava els contes, els meus germans i jo devoràvem les galetes que guardava en una capsa de llauna i que ella en deia *bescuits.* També tenia uns caramels que eren gairebé quadrats, de colors diferents, que no m'agradaven gaire, i els anissets rodons molt petits de coloraines. Abans de marxar de casa seva, sempre em demanava que posés alguns anissos a l'ocellet. L'*ocellet* era un periquito dissecat que, quan jo marxava, es veu que s'afanyava a menjar-se els caramelets, així que quan hi tornava ja no en quedava ni un.

A sota de l'escala que baixava al jardí hi havia una mena de quarto dels mals endreços on no em deixaven entrar mai, que també excitava la meva imaginació. Allà —i això no era fantasia, era ben real— és on s'amagaven els meus avis i el meu pare petitó durant els bombardejos de la guerra. La *baba* m'explicava entre rialles que alguna vegada, quan baixaven precipitadament a mitja nit, li queia una sabatilla, que quedava en un dels esglaons de l'escala i el seu home la renyava perquè ella volia tornar enrere per agafar-la. De vegades penso que, si fos per la *baba* Maria, hauria cregut que la guerra va ser divertida. La meva altra àvia, en canvi, quan sentia una sirena de policia o d'ambulància, es posava tensa i empal·lidia perquè recordava les que anunciaven les bombes.

A les meves àvies les veia els caps de setmana, que solíem anar a Figueres, la ciutat d'on havien marxat els meus pares acabats de casar i que van enyorar fins a l'últim dia de les seves vides.

Tornant a «La cançoneta del tres fills», aquesta fórmula que hi feia servir la meva mare de «nit i dia treballa la seva fantasia» era la manera elegant i benèvola de dir que jo vaig ser una nena mentidera. Eren mentides sense mala intenció, dites pel gust d'imaginar o guarnir fets que podien tenir o no una base real. Vull creure que aquell dir mentides era, ja, una petita llavor de la meva vocació per explicar històries, per fer literatura.

De la primera infància els pares sempre m'havien explicat dos exemples d'aquesta tendència meva, que jo no recordo.

Sembla que, a casa, feia servir la fantasia per esquivar el caràcter autoritari de la meva mare: vaig inventar una casa, la casa verda, on podia refugiar-me quan anaven mal dades. Quan em renyaven, castigaven o em veia arraconada per confessar alguna malifeta, jo em posava estupenda: «Me n'aniré a la casa verda!», o bé amenaçava: «Li diré a la mare de la casa verda», perquè es veu que en aquest refugi inventat hi tenia tota una família paral·lela. De vegades, quan em pregunten per què escric, penso que la casa verda ho explica molt bé. Quan la realitat no m'acaba d'agradar, la millor manera de fugir-ne és crear-ne una altra.

Després d'aquesta primera demostració de la capacitat d'inventiva, vaig fer-ne una altra força més elaborada. Encara era molt petita i jo tampoc no en recordo gaire res, però a la família em prenen el pèl encara ara amb l'episodi que vam protagonitzar la meva amiga Merceditas i jo.

La Merceditas era filla d'uns amics dels meus pares i era una nena molt ingènua, a la qual jo vaig convertir en el blanc de les meves fabulacions. Un any, per Reis, totes dues vam demanar una disfressa de fada. Uns dies després, la mare de la Merceditas va trucar a la meva per dir-li que la nena no parava de plorar perquè la vareta màgica del seu vestit no funcionava. Es veu que jo l'havia convençuda que la meva sí!

Un altre dia que érem en una casa on hi havia un pou, jo li deia a la Merceditas que, quan m'hi abocava, hi veia el dimoni. Ella, pobreta, ben espantada, ho va dir als seus pares. Els pares li van preguntar si ella també l'havia vist i la Merceditas va admetre que no, però va afegir: «¡¡Pero es que Sílvia ve más!!». És una frase que a casa han fet servir quan, encara ara, tinc tendència a l'exageració o inflo alguna anècdota.

De més grandeta, la fantasia va continuar essent el meu millor refugi. A l'escola, per exemple, recordo dos episodis que em van tenir entretinguda durant una bona temporada.

Una vegada que xerrava més del compte a classe, ens van castigar a mi i a una companya sense pati. Durant uns dies, la mitja hora que les altres nenes sortien a jugar, nosaltres havíem d'anar a la capella. I, esclar, la mitja hora se'ns feia eterna. El segon dia, la meva companya —es deia Montse— va quedar-se molta estona mirant fixament la figura de la mare-dedeu que presidia la capella i després em va dir, amb un gran esglai: «Em sembla que la Verge es mou!».

A bodes em convides! Si calia posar-hi imaginació, jo era la companyia adequada.

Un o dos dies després, ja ens teniu a les dues ximples al despatx de la *madre* Consuelo (o qualsevol altra *madre*, no ho recordo), explicant amb to dramàtic que havíem estat escollides per la Verge Maria per fer un miracle que consistia —quina bestiesa!— a moure lleugerament el braç dret, si el miràvem fixament prou estona. La *madre*, no cal dir, ens va fer fora a empentes, empipada. En aquell moment no vaig ser capaç de dir-li que allò era el resultat d'haver-nos inflat el cap durant anys amb les històries de la Bernadette de Lourdes i dels pastors de Fàtima.

La segona ocasió que vaig deixar córrer la imaginació de valent va ser quan va arribar una nena a l'escola —la Carmen— i, com que ens van fer seure de costat, ens vam fer molt amigues. Era una nena que tenia un autèntic do pel dibuix i posat d'artista somiadora. Era molt prima, amb uns ulls enormes i una cabellera llarga i ondulada.

Aviat vam començar a anar una a casa de l'altra al sortir de l'escola i sempre jugàvem a imaginar situacions o personatges. Ella tenia dos germans grans —que també dibuixaven la mar de bé— i sempre deia que li hauria agradat tenir una germana. Jo, que tenia una germana gran i un germà petit, trobava a faltar tenir un germà més gran que jo. Però per a nosaltres no hi havia res impossible, així que vam decidir inventar-nos els germans que no havíem tingut. No recordo com es deia la seva germana, però sí que el meu germà gran es deia Miquel Àngel. Vam incorporar de tal manera aquells germans imaginaris a les nostres vides, que en parlàvem davant d'altres nenes i moltes no van detectar mai l'engany.

La meva amiga va marxar aviat de l'escola (el seu pare, com el meu, es veia obligat a canviar sovint de residència per raó de la feina). Tot plegat, vam estar juntes potser un parell de cursos, però me'n vaig recordar sempre més.

D'adulta m'ha seguit agradant fabular, com és obvi dedicant-me a escriure novel·les. També imagino quan vaig pel carrer i passo pel davant d'un balcó prou il·luminat que em deixa veure un retall de vida familiar. Imagino com són la gent que hi viu, si són raonablement feliços o si darrere d'aquell quadrat de llum s'hi amaga algun drama. O quan viatjo en metro i tinc una estona per observar els companys de vagó. Els imagino una vida i sé que en cadascuna d'aquelles persones hi ha una novel·la per ser escrita.

Trobo a faltar la facilitat que tenia quan era petita per evadir-me. M'agradaria poder fugir de la realitat quan les coses es posen negres. Tant de bo tingués ara una «casa verda» on fugir cada vegada que em convingués!

UN AMOR MALLORQUÍ

L'any 1968 els meus pares van decidir regalar-nos una gran sorpresa: anar a passar uns dies a Mallorca tots cinc. Per als tres germans —la gran en tenia catorze, jo, set, i el petit, quatre— seria la primera vegada que ens enfilaríem en un avió, i aquest punt feia que el viatge fos encara més emocionant.

D'aquell viatge en recordo, sobretot, els nervis del meu pare l'estona abans de volar, fent broma perquè l'avió era un *Spantax* («Amb aquest nom, no anem pas bé») i amoïnat perquè, un cop iniciat el vol, el meu germà no hi havia manera que s'estigués quiet i podia «desequilibrar l'avió». Quantes vegades li vam prendre el pèl després!

També vaig guardar força temps a la meva habitació una nina vestida de mallorquina de la qual em vaig encaterinar a l'aeroport de Son Sant Joan i que els meus pares —cosa estranya, perquè no solien cedir a aquesta mena de capricis— em van comprar. Ho atribueixo també als nervis pre-vol del pare, que no estava per batallar amb la insistència d'una nena petita i pesada.

De l'estada a l'illa no en recordo gairebé res. Per les fotos dedueixo que vam fer la visita turística de rigor: Pollença, Sóller, Formentor, Valldemossa, Sa Foradada. Tenim fotos a tots aquests llocs i jo hi surto molt morena, amb dues cuetes i un posat distret: «La Sílvia sempre bada», deien a casa.

Res no em va fer intuir la importància que Mallorca tindria en la meva vida, l'enamorament mantingut en el temps, el desig secret que encara guardo d'anar-hi a viure algun dia.

A l'adolescència crec que vaig anar a Mallorca unes quantes vegades amb amigues i, en una d'aquestes visites, va passar una cosa que va capgirar la meva vida. Ho escric així i no és una expressió hiperbòlica. És absolutament literal. A Mallorca, un estiu de final dels vuitanta, hi vaig conèixer el que havia de ser el meu company de viatge, l'home de la meva vida en el sentit romàntic i pràctic.

M'encantaria poder escriure ara una història d'amor elegant, viscuda en els paisatges magnífics de l'illa que ha seduït persones d'arreu del món. Però aquesta vegada no faig literatura, aquesta vegada m'he proposat ajustar-me força a la veritat, així que em fa una mica de vergonya haver de reconèixer que l'escenari d'aquella trobada casual que havia d'acabar essent definitiva va ser la vulgar, degradada i massificada platja de S'Arenal. És trist, però és així: érem joves sense recursos i només ens podíem permetre això. La pensió on ens estàvem les meves amigues i jo es deia Pensión Atlanta i només us he de dir que a la nit barràvem la porta amb una cadira perquè els esgarips que se sentien a l'escala feien basarda. Encara no estava de moda Magaluf ni el *balconing*, però els països europeus ja enviaven a Mallorca el millor de cada casa perquè s'esbravessin amb comportaments que als seus països respectius no serien tolerats de cap manera.

La nostra miserable economia també va propiciar que el local on m'esperava —sense saber-ho jo— l'home de la meva vida fos un dels més tronats de tot S'Arenal, que ja és dir.

El vam triar perquè el porter que vociferava per

atraure clients va resultar ser de Terrassa, com una de les meves amigues, i ens va convidar a entrar-hi de franc. El lloc tenia un nom molt glamurós: Mallorca Disconight.

Quan vam entrar-hi, l'impacte quasi ens va fer girar cua instantàniament. Era un local fosc, amb taules d'aquelles que podrien ser de vagó de tren, i una pista de ball petita on només hi feien moviments espasmòdics mitja dotzena de turistes vermells i grassos. Era la pista de ball més patètica del món.

En aquell panorama, sentir uns andalusos que, amb el seu sentit de l'humor inimitable, es fotien dels guiris que ballaven, ens va seduir immediatament.

No entraré en detalls d'aquell enamorament, però us puc assegurar que en aquells capvespres a les platges mallorquines vaig saber què és l'autèntica *joie de vivre* que dona nom a aquesta col·lecció.

Va ser una setmana extraordinària i, en paraules del meu marit, «un rollo de verano que se complicó». Un amor a distància —com us podeu imaginar o potser heu experimentat— no és fàcil que surti bé, així que, quan al cap de sis anys ens vam casar, tots dos vam pensar que anar de viatge de nuvis a Mallorca era una bona manera de tancar la història que havia començat al Mallorca Disco-night (en realitat la nostra història tot just acabava de començar).

Va ser —malgrat que érem tan joves!— un viatge nostàlgic. Vam anar a S'Arenal disposats a fer-hi un recorregut sentimental, però l'experiència va ser molt decebedora. Cal tenir en compte que ens vam casar el 7 de desembre i, a sobre, vam cometre l'error de fer la visita de dia. En aquell dia fred de sol tímid, la platja no s'assemblava gens a la que recordàvem. Ens va fer la impressió que cada vespre deuen muntar el decorat per als turistes, i aquell paisatge desolat no ens va ajudar en absolut a rememorar l'inici del nostre amor. Afortunadament no ens calia.

Vam oblidar S'Arenal i vam tornar a Palma, disposats a fer-nos passar el disgust amb una bona caldereta de llamàntol. Aleshores no ho sabíem encara, però el bon menjar seria un dels gustos que compartiríem en els anys a venir. En realitat, començàvem aleshores un camí de descoberta, com els passa a totes les parelles que enceten la vida en comú, més encara si han viscut —com era el nostre cas— un enamorament a distància.

D'això parlàvem aquell dia mentre ens cruspíem la caldereta al Portitxol. De si aquella aventura que començàvem sortiria bé. Era arriscada, sobretot per a ell, que havia hagut de marxar lluny de la seva família i dels seus amics. Ens preguntàvem si el nostre amor seria prou fort per superar el seu desarrelament, el meu caràcter independent i, sobretot, el conegut monstre de la convivència i la seva cosina germana, l'antipàtica rutina. Duraria, aquell matrimoni nou de trinca? Ell n'estava segur i ho expressava amb la vehemència que el caracteritza. Jo em feia l'experimentada i expressava els meus dubtes.

—Si d'aquí a vint-i-cinc anys encara estem junts, em convides a una caldereta com aquesta? —em va proposar.

—Fet! Aquí a Palma, eh? I si ens hem separat, em convides tu.

El meu home no ho veia gens clar:

—Però si ens hem separat no ho podrem fer!

—Per què?

—Home, no crec que tinguem ganes de volar fins aquí i sopar junts!

—Per què no? Jo ho voldria igualment...

El viatge de nuvis va ser una meravella. Mallorca a l'hivern és una meravella. A Ciutat els carrers estaven il·luminats i les botigues guarnides, de manera que ens vam animar a comprar els regals de Nadal per a tota la família. Anàvem amunt i avall tot el dia i quan es feia fosc, exhaustos, ens retrobàvem amb l'autèntica *joie de vivre* que ens esperava a l'habitació de l'hotel.

Vint-i-cinc anys després... aviat és dit, però els anys, tot i que passen de pressa, es viuen tots, l'un darrere l'altre, amb els seus mesos, les seves setmanes, els dies i les nits. El dia assenyalat vaig escriure un article per a l'*Ara*:

> Mirar enrere i veure-hi nits en blanc, nits enceses, nits a recer del vent i de la pluja. I dies més llargs que una travessa pel desert i anys que passen volant. I reunions amb mestres, asseguts en aquelles cadires petites on no t'hi cap el cul. I hores a la sala d'espera del pediatre i aquell orgull incomprensible si el nadó havia guanyat pes i crescut els centímetres que tocava. I viatges projectats amb més il·lusió que la viscuda un cop a lloc. I sopars, molts sopars, a dos o amb amics seleccionats, o multitudinaris. Llarguíssimes sobretaules, amb riure que s'encomana per qualsevol bestiesa o amb reflexions tirant a filosòfiques o amb exaltades discussions sobre política. I desenes de brindis.

Mirar enrere i veure-hi la meva energia i la seva calma, les decisions compartides, les baralles, les disculpes, les reconciliacions. Els records d'infància que ja ens sabem de memòria i que, malgrat tot, ens agrada explicar i escoltar. Els penediments, les confessions, la santa paciència.

Mirar enrere i veure-hi els partits de bàsquet, els pavellons gelats, la pudor de suor, els entrenadors afectuosos, els pares dels companys d'equip que esdevenen amics. I els nervis pels exàmens, els com t'ha anat, un que és massa optimista i l'altre massa poc. Els àlbums de la primària, els treballs de recerca, les preguntes que un bon dia ja no saps contestar. Les paraules o els conceptes que de sobte fa servir l'adolescent i que, tot d'una, el fan semblar adult.

Mirar enrere i veure-hi aquell dia que, en els ulls de l'altre, s'hi reflectia una notícia pèssima. I la teva por i la seva por. I l'abraçada. L'enyorament que va amb tu i que l'altre assumeix. El buit que va amb ell i que tu has fet teu. L'escalfor de la pell que pot fondre totes les ràbies.

Mirar enrere i veure-hi els pisos on hem viscut, el nostre lloc, casa nostra. I totes les andròmines i els papers i records que es perden de trasllat en trasllat. Buscar l'espai pels vidres antics, pels quadres, per les fotos antigues. Els meus llibres, els seus discos. La casa plena d'amics.

Mirar enrere i veure-hi el dia que vaig dir n'estic farta i el dia que va voler plegar veles. Quan va a poc a poc i em poso nerviosa, quan vaig atabalada i es neguiteja. Quan vull que parli i calla, quan vol que calli i parlo. Quan ens hem emocionat junts amb una cançó, una pel·lícula, una obra d'art, un paisatge. Cada vegada que tornem a començar.

A la festa de les bodes de plata, la família, esclar, ens va regalar un cap de setmana a Mallorca. Una altra vegada Mallorca a l'hivern, aquesta vegada amb una poderosa llevantada quan ens enlairàvem de Barcelona.

Durant el vol, vaig imaginar una illa assolellada i relaxants caminades a la vora del mar i vermut al Portitxol, però a Palma hi plovia a bots i barrals. I va ploure tot el cap de setmana.

Adeu als vermuts al solet. A canvi, l'hotel que ens havien reservat era una meravellosa mansió del segle XVI al darrere de la catedral. L'habitació era sota teulada i hi havia una sala la mar d'acollidora amb llar de foc-copa de cava-bona lectura. No ho hagués canviat per un cap de setmana de sol.

El diumenge, a sota el paraigua, vam anar a dinar a Ca n'Eduardo una caldereta de llamàntol. Pagava jo perquè havia perdut l'aposta.

FIGUES I LLIMONES

Des de fa uns anys mengem llimones i figues que agafem al nostre pati. És una cosa modestíssima, ara que es parla tant dels horts urbans i que tothom presumeix dels seus tomàquets i els seus carbassons. Nosaltres no tenim hort, ni tan sols jardí. Tenim un pati que reuneix les condicions mínimes per aportar-nos una mica de felicitat: hi ha una taula llarga per fer-hi sopars amb amics o amb la família, hi ha una cistella de bàsquet que els nois han aprofitat durant anys (i encara ara, que són uns ganàpies, de tant en tant baixen «a fer uns *tiros*») i hi ha algunes plantes que cuidem amorosament. Un roser, un hibisc, una buguenvíl·lea fúcsia, un mandariner i un llimoner. Aquest era el nostre patrimoni fins que fa uns anys vam decidir que un andalús de Jaén i una badalonina de Figueres havien d'acollir al pati de casa seva una olivera i una figuera.

M'agrada regar-les i treure'n les fulles seques. I, sobretot, em produeix una felicitat enorme agafar llimones per fer unes llimonades boníssimes i collir les figues quan n'és temporada.

LA SAL A LA PELL

De totes les platges i cales empordaneses, els meus pares en tenien una de predilecta: l'Almadrava, a Roses. Ignoro quines eren exactament les raons d'aquesta preferència, tenint en compte que en tots els estius i caps de setmana que vam anar a l'Empordà hauríem tingut temps de conèixer tota la Costa Brava, cadascuna de les seves platges, cales i caletes. Però no, la nostra fidelitat era indestructible.

Anar de Figueres a l'Almadrava els anys seixanta i setanta era una autèntica aventura, de vegades molt pesada. Tot anava prou bé fins que arribàvem a Roses. Allà començava un llarg viacrucis de semàfors que es feia etern. Roses ja tenia aleshores un gran atractiu turístic i els caps de setmana els carrers eren una riuada humana. Recordo contemplar des de la finestra del cotxe els modelets dels francesos en calça curta, cuixes vermelles i sandàlies amb mitjons, i les botigues de souvenirs, que envaïen les voreres amb els penjadors plens de biquinis i tovalloles, els flotadors, els matalassos i els conjunts de pala, galleda i rasclet. Una barreja de vermells, grocs, rosa xiclet i verd lloro. I aquelles estructures giratòries plenes de postals.

L'Almadrava és una cala mitjana de sorra, amb una aigua netíssima, que queda protegida de la temuda tramuntana. En aquella època aparcàvem a la vora de la carretera, en el pendent, i havíem de baixar —després pujar— caminant un bon tros, carregats amb el matalàs, el para-sol i les bosses de platja. Un cop a la sorra, buscàvem un espai prou ample per instal·lar-nos-hi tota la família amb comoditat. Recordo com si fos ara aquella estona que deambulàvem, tots darrere el pare, que anava caminant entre les tovalloles, aturant-se, tornant a caminar, fins que triava el lloc. I tots nosaltres al seu darrere, carregats amb els estris de platja, ara camino, ara m'aturo, seguint-li el ritme. Quina fila que devíem fer.

A l'Almadrava hi havia banyistes del país i molts de francesos. Els meus pares hi trobaven sovint amics figuerencs, com els Amiel o els Pumarola, que tenien fills de la nostra edat. Jugàvem hores i hores amb el matalàs, anàvem a les roques a arrencar pagellides (en dèiem «lapes») i, de tant en tant, ens deixaven llogar un patí.

Els petits passàvem tota l'estona a dins de l'aigua, i només al final de tot del matí cedíem i ens estiràvem una estona a la tovallola perquè s'eixuguessin els banyadors.

A l'Almadrava hi vam veure els primers topless, tots de noies estrangeres. Era un gran escàndol. La gent les mirava sense dissimular i recordo un dia que un amic dels meus pares es va posar la part de dalt d'un biquini de recanvi que duia la seva dona i se'n va anar a passejar, ufanós, davant d'unes noies que —amb aquells pits joveníssims a l'aire— se'l miraven estupefactes.

Aquell dia vam riure, sense adonar-nos que allò era un espectacle lamentable des de tots els punts de vista. Els infants érem inconscients i els adults no sé si ho van fer com un acte de retrògrada censura o per fer-se passar els nervis que la situació els provocava —les seves ments havien estat terriblement i eficaçment reprimides pel règim.

Quan els pares ens deien que havíem de marxar, els nostres laments se sentien de lluny. Volíem més hores de mar i ens feia una mandra terrible pujar fins al cotxe amb aquella calor.

El viatge de tornada a Figueres era un suplici: tots cinc a dins del Gordini, que s'havia anat escalfant durant hores a sota d'aquell sol roent. De vegades encara teníem els banyadors molls i posàvem les tovalloles al seient per no mullar-lo. Els grans de sorra se'ns clavaven a les cuixes i la pell, suada, se'ns enganxava a la de les cuixes del germà o la germana (beneït aire condicionat, beneïdes dutxes a les platges!).

Jo m'entretenia resseguint amb el dit els dibuixos que la sal em feia a la pell. N'hi havia que semblaven rius o núvols o estrelles de mar. Ja fa anys que quan em banyo al mar tinc la sensació que el Mediterrani ja no és tan salat. De vegades, sense que ningú em vegi, m'he arribat a llepar la pell i, efectivament, trobo que no té tant de gust de sal.

Tornem al Gordini: cansats com estàvem de tot el matí a l'aigua, la majoria dels dies els tres germans ens adormíem i arribàvem a casa amb ganes de deixar-nos caure damunt dels llits.

Però, en entrar a casa dels avis, se sentia de lluny

l'olor inconfusible de l'arròs negre que estava enllestint la *baba* Carme i tots corríem a les dutxes morts de gana.

El segon mar que recordo, tot i que vagament, és el de Calella, on vaig viure dels tres als sis anys. Recordo una platja plena de turistes, unes onades que em semblaven gegants, les botigues de souvenirs. A casa m'explicaven que, una vegada, em vaig perdre a la platja. Hi havíem anat la mare, la meva germana gran i jo. Segons sembla, em van perdre de vista només uns minuts i poc després van veure arribar un matrimoni alemany, que m'havien vist plorant i em passejaven —agafada de la mà entre ells dos— amb l'esperança que la meva família em veiés passar.

Malgrat que tot plegat es va resoldre en qüestió de minuts, la mare va passar un gran espant. Segons sembla, ens va indicar, a la meva germana i a mi, que no calia explicar l'incident al pare «per no amoïnar-lo». A l'hora de dinar, asseguts tots quatre a taula en silenci, a la meva mare se li escapaven les llàgrimes. La meva germana, en veure-la plorar, es va encomanar i jo —tu diràs— m'hi vaig afegir. El meu pare, veient-nos a totes tres amb les llàgrimes galtes avall, no entenia res. No va respirar tranquil fins que la mare li va explicar l'escena dels alemanys passejant-me per la platja de Calella i el final feliç.

Després de l'Almadrava i de Calella, el meu tercer mar seria el de Badalona. Dic «seria» perquè en realitat, per a mi, Badalona té dos mars. L'un és el mar de la Badalona dels anys setanta, quan vaig arribar a la ciutat, i l'altre és el mar que vaig recuperar fa una quinzena d'anys, quan vaig agafar el costum d'anar a caminar-hi a la vora. I a fe de Déu que són dos mars ben diferents.

Quan la meva família va arribar a Badalona, a final de la dècada dels seixanta, ens vam trobar amb una ciutat, a primer cop d'ull, poc atractiva. No vam tardar a saber que Badalona és una ciutat que es fa estimar amb el temps.

La ufanosa, esplèndida façana marítima de què gaudeix avui la ciutat no existia quan jo era petita. Arran de mar només hi havia fàbriques que escopien fums pudents al cel i abocaven brutícia de tota mena directament a l'aigua.

Els meus pares observaven, esverats, que molts badalonins anaven a la platja fent cas omís de la més que probable contaminació de la sorra i de les marees marronoses o morades que anaven arribant a la platja. Les criatures es ficaven a l'aigua i en sortien amb els peus plens de quitrà. El líquid negre i llefiscós venia del pantalà que anys després esdevindria símbol (ara malmès per una llevantada) de la ciutat: l'estimat pont del Petroli.

El meu amic Marcel Riera, poeta badaloní distingit amb el premi Carles Riba, va retratar en el poemari *L'edat del coure* aquella Badalona trista i grisa de la seva infantesa. El meu poema preferit —ell ja ho sap— és el que evoca aquella colla de vailets que es banyaven al mar brut resseguint la corda de la bota fins a veure, mar endins, el campanar de Santa Maria. «La corda de la bota» comença amb aquests versos:

> L'aigua tenia gust de petroli a l'engròs
> i de mercaderia. No obstant això, nedàvem
> mar endins fins a veure, per sobre l'embalum
> de l'estació del tren i les teulades brutes,
> el campanar de dalt i la tija brillant
> del parallamps i, sota seu, el nostre petit
> reialme arran de platja.

La canalla badalonina, doncs, es banyaven al seu mar sense escarafalls ni manies. Jo també vaig arribar a fer-ho algun dia, si anava a la platja amb la família d'alguna amiga, però normalment, amb els pares, anàvem a la piscina coneguda com la Pista, que estava molt a la vora de la platja, arran de la via del tren. Quan ara hi passo pel davant —encara hi ha el rètol amb el nom, fet amb aquella estètica tant dels anys setanta— m'entra una gran tristesa de pensar com era d'injust, i contra natura, que ens haguéssim de banyar en una piscina de vint-i-cinc metres de llarg, tenint tan a la vora, tan a tocar, la immensitat del mar Mediterrani. I per un moment m'agradaria tenir al davant els amos de les fàbriques que abocaven la merda al mar i els legisladors franquistes que ho permetien. I, encara que no crec haver-ho fet mai de la vida, en aquest somni em veig escopint a les seves cares miserables.

Però ha passat mig segle i ja fa força anys que Badalona ha recuperat la seva gran, magnífica platja. La sorra està descontaminada, hi ha un passeig marítim que els caps de setmana omple de felicitat la vida dels ciutadans d'una comarca estressada, i a la platja hi ha xarxes de voleibol i dutxes i torres per als vigilants. El més important, però, és que una bona part dels dies l'aigua és neta, sobretot si hi vas a primera hora del matí. Encara ens queixem —i ens queixarem tot el que faci falta— perquè canviïn el col·lector i aconsegueixin el més modern del món, que sigui capaç de recollir tota la brutícia que els centenars de milers de persones que vivim a Badalona i a les igualment poblades ciutats frontereres generem.

Protestem, i tant, però només nosaltres —els que recordem el mar marró i lila dels anys setanta— sabem què significa anar un matí ben d'hora a la platja dels pescadors, o davant de la barca Maria, o a prop del pont del Petroli, acostar-se a l'aigua i trobar-la transparent, però transparent del tot. Aleshores ens hi endinsem i ens deixem abraçar i saludem amb eufòria —mentalment, que encara no he perdut el senderi— els pobres usuaris del tren que ens veuen sense veure'ns, només un caparró enmig del blau, i que no saben res de la felicitat que vivim en aquell moment.

El mar m'ha regalat moltes felicitats momentànies. Un bany de matinada a la cala Turqueta, un estiu de no fa gaires anys. Un bany de tarda a la cala Montgó de l'Escala, amb l'amiga d'adolescència que ja no hi és. Un bany nocturn i romàntic a Santa Pola. Les nits estrellades amb la música del xiringuito a Las Negras, al cap de Gata.

I el mar també em regala encara, quasi cada dia, un instant magnífic: sentir-me absolutament privilegiada per tenir-lo tan a prop, a la meva disposició, per anar-lo a veure, a olorar-lo, a sentir la remor de les onades, cada vegada que ho desitjo.

ELS LLIBRES

Torno de la llibreria. A la bossa hi duc quatre novel·les que he triat amb l'ajuda de la llibretera. Arribo a casa i em poso roba còmoda: uns pantalons de xandall, una samarreta vella, un jersei gruixut que ja no duc per sortir al carrer però que m'agrada molt i és d'una llana suau. Sembla que m'abraci.

M'assec al llit i tanco la porta de l'habitació. És un moment que vol intimitat i silenci.

Obro la bossa i deixo els llibres damunt del llit, al meu costat, l'un damunt de l'altre, en una pila.

Agafo el del capdamunt. La coberta és dura i llisa. Hi passo la mà per sobre, acaronant-lo. L'obro pel mig i me l'acosto al rostre, l'oloro. Després el giro i llegeixo el text de la contra, que me n'avança el contingut. El torno a girar i l'obro per la primera pàgina. Llegeixo la dedicatòria i una citació d'un autor clàssic. Passo la pàgina i llegeixo la primera frase.

El deixo al costat i agafo el següent, repeteixo el ritual. L'olor, la contra, la primera frase. Faig el mateix amb els altres. Ara els tinc tots damunt del cobrellit, com una estesa de temptacions.

Tinc un moment de dubte, no sé per quin començar. En descarto dos i torno a agafar el primer que he mirat. Potser sí, començaré per aquest. Apilo els altres tres a la tauleta de nit. Vaig a preparar-me un cafè i torno a l'habitació. Agafo la novel·la escollida i començo. És un viatge, una aventura, un món nou que m'espera perquè m'hi submergeixi.

Per un breu moment penso en totes les persones que no llegeixen mai.

EL MEU LLOC AL MÓN

Si em posés a fer una llista de les coses que voldria agrair als meus pares necessitaria, com la majoria de vosaltres, una estona llarga i uns quants fulls de paper per omplir.

Al capdamunt d'aquesta llista hi hauria, sense cap mena de dubte, el primer i més important dels regals que em van fer: estimar-se bojament. Després d'això, la tasca ja s'aniria complicant, però segur que en el pòdium d'aquesta classificació hi hauria la decisió d'haver estiuejat tota la vida al mateix lloc.

Des de fa molt de temps tinc la teoria que al món hi ha dos tipus de persones: els que tenen el seu lloc d'estiueig i els que no. I puc dir, des de la sinceritat més absoluta, que em sento absolutament privilegiada d'estar al primer grup i que no ho canviaria per haver passat un estiu a les Seychelles, un altre a les Maldives i uns quants més als llocs més exòtics i luxosos que pugueu imaginar.

Potser les meves circumstàncies familiars (haver canviat diverses vegades de ciutat durant la infància i adolescència) van provocar que el meu lloc d'estiueig esdevingués, també, el lloc on em sento més arrelada, el lloc on sempre vull tornar, en definitiva, el meu lloc al món.

Probablement tothom pensa que el seu lloc de vacances és el millor, i que és especial. Jo també ho penso i tinc tants arguments que em serà molt difícil mirar d'explicar-vos-ho.

Començaré per dir que aquest lloc és en un racó de la Garrotxa. A prop de la Fageda d'en Jordà i dels volcans Croscat i Santa Margarida. Només dient això estic segura que molts dels que em llegiu ja m'heu concedit que el paisatge del qual parlem és una meravella.

Els pares se'n van enamorar els anys que van viure a Olot. Sovint els vaig sentir a dir que els va costar tant acomiadar-se'n com els havia costat sentir-se'n part. «Sempre vam ser els figuerencs que vivíem a Olot», deia la meva mare, compungida. En aquells anys, la Garrotxa era una comarca menys comunicada i els seus habitants estaven menys avesats a rebre forasters. El clima era molt més dur i la ciutat més tancada que la Figueres oberta al turisme i amb aires moderns i cosmopolites —no sé si gaire consistents— gràcies a la fama de Dalí.

D'acord. Quedem que ja us he convençut de l'espectacularitat del paisatge garrotxí. De la barreja formidable que ofereix el verd tendre i el verd boscós amb els colors terrosos, vermells i grisos de les gredeRes. No és casualitat que hi hagi tants artistes nascuts a la comarca!

Però allò que fa que em senti una privilegiada és la circumstància especialíssima que va fer que mitja dotzena de famílies ens trobéssim en aquest lloc, fa mig segle, i que establíssim uns lligams familiars que han perdurat en el temps. Ja som a la quarta generació.

Aquestes famílies van anar a parar —des de llocs diversos— a un hostal a prop de la Cot, el mes de juliol de final dels anys seixanta. Eren matrimonis joves i carregats de criatures, que van simpatitzar de seguida —malgrat que tenien maneres de fer i de veure la vida diferents, de vegades contraposades. Segur que hi ajudava que tots estaven relaxats —de vacances— i que coincidien en un punt bàsic: el sentit de l'humor.

Recordo, per exemple, que quan dinàvem al menjador de la fonda, hi havia uns bocins de paper amb el cognom de les famílies escrits amb bolígraf, per saber en quina taula ens havíem d'asseure. A nosaltres, els primers anys, ens hi posaven Solé, sense erra, i a la família Castella, li escrivien Castellar.

Un dia —nosaltres ja érem asseguts a taula—, van entrar els Castella al menjador. El cap de família —en Julio—, mentre els seus s'anaven asseient, es va acostar al meu pare i li va donar un retall de paper. El meu pare va deixar anar una gran riallada: en Julio havia retallat la erra del final del seu cognom i li deia: «Toma, creo que esta erre os pertenece».

Quan érem petits, el que ara són apartaments era un hostal i les famílies fèiem molta vida en comú. Començàvem el dia esmorzant tots junts en un menjador molt acollidor, d'aire rústic i grans finestrals que ens oferien una primera visió d'aquell paisatge verd que ens havia d'acompanyar tot el dia. L'olor de cafè i de torrades s'enlairava enmig del xivarri. Els petits bevíem llet —de vaca, munyida del dia abans—

amb Cola Cao i parlàvem d'una taula a l'altra sobre els plans del dia.

De fet, els plans eren tan senzills com això: llibertat total per jugar tot el dia, tret de les hores dels àpats. Hi ha plans millors per a uns infants? A la Garrotxa, això sí, sempre cal tenir pensat què faràs si plou. Aquella verdor requereix molta aigua, fins i tot al mes de juliol.

Per sort teníem la Saleta, una habitació plena de sofàs per a les tardes de pluja. No recordo si hi havia tele, perquè mai de la vida ens va fer falta. De vegades jugàvem a cartes o a altres jocs de taula, però també poc sovint.

El nostre gran entreteniment, allò que ens divertia de veritat, era xerrar, fer bromes i acudits, explicar històries de por, riure'ns els uns dels altres, fer treballar la imaginació. Perquè he de dir que, si els nostres pares s'avenien molt —malgrat, insisteixo, algunes diferències ideològiques que haurien pogut ser un obstacle—, nosaltres, els fills, ens vam fer molt amics, una amistat tan intensa i ben travada que encara dura (ens acostem als seixanta!).

Quan érem petits, ens hi estàvem tot un mes, aïllats de tot, en la feliç època sense mòbils ni consoles ni tauletes, i en un món en general menys perillós. La bombolla era tan perfecta que, quan parlàvem de la nostra ciutat o de la nostra escola, ens hi referíem amb la fórmula «al món real».

A partir de la segona setmana de juliol, algú —del grup de pares o del grup d'adolescents o algun menut— deixava anar la pregunta més important de tot l'estiueig:

—Què farem aquest any per a la *verbena*?

La *verbena* era la festa que fèiem l'últim dissabte de juliol, abans que la bombolla perfecta esclatés i ens haguéssim de separar. En dèiem així perquè els primers anys —segons conta la llegenda— celebràvem la revetlla de Sant Jaume —que és el dia 25 de juliol. I ho dèiem en castellà perquè us recordo que estem parlant dels anys seixanta i aleshores ningú feia servir la paraula *revetlla*.

Ens hem disfressat de majorets, ens hem fracturat braços i cames, hem vist arcs de Sant Martí increïbles, granissades com ous de gallina, tempestes que feien tremolar els volcans. Hem cantat «Santa Marta tiene tren pero no tiene tranvía» i hem ballat descalços damunt de l'herba la música de Queen. Hem brindat centenars de tardes a l'hora de la posta, hem acomiadat una persona estimada en un funeral ple de barrets, ens hem banyat en aigua gelada, hem trobat escorpins a sota del coixí, hem plorat de riure, hem plorat de plorar.

PROPIETÀRIA DEL MEU TEMPS

Em llevo. Ha plogut tota la nit i, quan surto al balcó, veig que la ciutat encara està xopa. Em prenc el cafè amb llet, assaborint-lo, i mentrestant una idea es va obrint camí entre la boirina de la son: és possible que sigui tan afortunada?

Vaig començar a treballar quan feia tercer de la carrera de periodisme. Encetàvem la dècada dels vuitanta i arreu del país els ajuntaments democràtics es disposaven a fer néixer i créixer mitjans de comunicació locals. A Badalona, on vivia, un grup de joves i engrescats periodistes (i futurs periodistes) vam fundar Ràdio Ciutat de Badalona. Va ser una experiència absolutament enlluernadora, que em va permetre aprendre tot el que no havia après a la facultat, mentre em divertia i coneixia la ciutat que m'havia acollit per segona vegada. Van ser uns anys bojos i intensos, dels quals guardo un gratíssim record.

Sis o set anys després, vaig aprofitar l'oportunitat d'entrar a formar part de la redacció d'informatius de Catalunya Ràdio. En aquella segona etapa, tot era més professional, però encara divertit i sempre apassionant. Vaig fer informació parlamentària i vaig viatjar amb l'aleshores president Pujol, i vaig fer bons amics, alguns dels quals vam agafar el costum d'anar a sopar per debatre i, sobretot, per estar al dia del safareig de la professió. Solíem reunir-nos al restaurant Pitarra, a Ciutat Vella, ja desaparegut. Aquell grup va agafar-ne el nom i els Pitarra encara ens trobem de tant en tant, ara per parlar dels fills i els primers nets i de les primeres jubilacions.

Poc després de fer quaranta anys, vaig tenir la sensació que el meu recorregut en el món del periodisme s'havia acabat. És a dir: ja no m'hi trobava bé, ja no em divertia i, sobretot, trobava a faltar poder dedicar temps i energies a la literatura, que mai no havia abandonat.

Vaig publicar una novel·la —una comèdia àcida que volia retratar la meva generació— sobre les dones que vivíem, de vegades amb rialles i de vegades amb angoixa, l'estrès d'haver-nos de repartir entre la feina i la família. Es titulava *39+1, l'edat en què una dona sap que l'home de la seva vida és ella mateixa*. Va ser un èxit inesperat i em va posar davant dels ulls la possibilitat de prendre'm més seriosament la cosa d'escriure novel·les. També esperava que tingués encara l'opció que el món editorial em prengués més seriosament a mi.

Amb el suport del meu marit, vaig prendre la gran decisió: vaig deixar el meu lloc a Catalunya Ràdio i vaig concentrar totes les meves energies a escriure una novel·la rere l'altra, procurant que cadascuna fos millor que l'anterior, assegurant-me que sempre hi hagi un repte que calgui superar.

De vegades, quan em llevo al matí, encara em pregunto si és possible que pugui dedicar el dia a fer allò que més m'agrada. Em sento absolutament privilegiada. I, encara més, em sento lliure. Després de molts anys subjecta a horaris establerts, ara puc fer i desfer en la meva agenda, puc organitzar-me la jornada segons les meves necessitats i els meus desitjos, i això és un luxe que no es pot pagar amb diners.

I de tant en tant encara em passa que sento un petit malestar, un lleuger sentiment de culpa.

És una sensació semblant a la de fer campana, com si estigués saltant-me una obligació, fent una cosa mal feta.

Són molts anys de col·legi de monges!

LLAÇOS I CINTES DE COLORS

Una de les moltes coses que s'han perdut amb l'arribada del fabulós món d'internet i les seves derivades és l'intercanvi de felicitacions de Nadal. A casa meva, els pares pensaven cada any amb molta cura una idea per felicitar les festes d'una manera original i creativa i que ens convidés a passar un parell de tardes —de vegades més— compartint tota la família aquesta activitat. M'adono que sembla que estigui fent un discurs carrincló de mestra d'escola, però la veritat és que ens ho passàvem bé fent les nadales i, de passada, estimulàvem la nostra creativitat.

De totes les felicitacions, en recordo especialment tres.

L'any que va néixer en Toni —que és del juny, o sigui que per Nadal ja era un nadó morenet de sis mesos—, la mare va tenir la pensada de fer-nos escenificar una Sagrada Família. La Maria Blanca es va posar la túnica blanca que havia fet servir per la comunió, amb un mantell també blanc damunt dels cabells. Seia amb el germà petit a la falda, també vestidet de blanc. Al seu costat jo feia un sant Josep minúscul —tenia quatre anys! M'havien posat una camisa fosca del pare cordada a l'esquena, que feia de túnica perquè m'arribava fins als turmells, un cordó lligat a la cintura i una roba posada damunt de l'espatlla dreta. Amb la mà esquerra subjectava la vara florida, que era un bastó de l'avi amb uns gladiols lligats al capdamunt. Tot plegat feia força patxoca. Per acabar d'arrodonir-ho, a la paret que teníem al darrere, el pare hi va penjar un nino —eren uns bebès bessons, Dulcito i Dulcita— al qual havien posat unes ales blanques. Feia l'efecte que surava gràcilment damunt d'un rètol que deia *Gloria in excelsis Deo.* Vam enviar aquesta fotografia com a felicitació nadalenca a parents i amics i va tenir un gran èxit. Heu de comptar que estem parlant de 1965, quan aquestes originalitats creatives eren molt més excepcionals que ara. Les meves amigues només coneixien les postals amb il·lustracions d'en Ferrándiz.

Uns quants anys després, Nadal va coincidir amb un dels nostres nombrosos canvis de residència. Normalment, els pares feien saber el canvi d'adreça a tots els coneguts amb un targetó, però aquesta vegada van tenir la feliç idea de fer un dos en un. Ens van fer una fotografia als tres germans, amb l'hospitalari gest d'obrir la porta de casa, decorada de Nadal i amb el rètol de Soler ja col·locat, de manera que felicitàvem les festes i fèiem saber la nostra nova adreça a tothom.

La tercera felicitació que recordo va ser quan ja érem més grandets. Em sembla recordar que en aquesta ocasió la idea va ser del pare. Ens va tenir entretinguts unes quantes tardes retallant damunt de planes del diari un motllo en forma d'estrella de Betlem. La gràcia era que en el bocí de diari retallat hi figurés algunes paraules com ara «guerra», «conflicte», «combat», etc. A sota del retall que enganxàvem en una cartolina hi vam escriure «Pau a la terra als homes de bona voluntat».

Els nostres pares eren catòlics practicants i, en conseqüència, ens feien viure el Nadal intensament. La mare es cuidava de decorar molt bé la casa, el pare era l'encarregat d'anar a comprar l'arbre i de guarnir el pessebre. Solíem marxar cap a Figueres, per passar el Nadal amb els avis, amb el cotxe carregat fins dalt de tot de regals (que nosaltres, en la nostra innocència, no detectàvem).

Hi arribàvem el mateix vint-i-quatre i anàvem directament a la missa del Gall. Després fèiem el ressopó a la mateixa parròquia.

Els dies immediatament anteriors eren molt divertits, potser més que els de les festes. Per què? Per un motiu que durant anys va ser secret, no en podíem parlar amb ningú, fins i tot ara em sembla estar transgredint alguna norma pel fet d'escriure-ho aquí.

La cosa és que el meu pare, com tots els directors d'oficines bancàries (i els metges, els advocats, etc.), rebia per Nadal una pila d'obsequis dels clients. Si ens situem als anys seixanta i setanta, en plena bonança econòmica i expansió turística, us heu de fer la idea que quan dic «una pila» ho dic en sentit literal: paneres enormes, ampolles de whisky del bo, caixes de cava, pernils i... alguns objectes de decoració realment terrorífics dels quals no sabíem mai què fer-ne.

L'última setmana abans de Nadal, a l'entrada de casa, els pares hi posaven un bol ple de monedes destinades a donar propina als repartidors dels regals. Quan sonava el timbre, els germans ens barallàvem per veure a qui li tocava obrir la porta i amb penes i treballs reprimíem les exclamacions d'alegria davant del pobre noi que descarregava el paquet. Després el portàvem al menjador i el desembolicàvem amb una gran expectació. Quan era una caixa de cava, els petits deixàvem anar un oh desil·lusionat i tornàvem cadascú a la seva habitació. El que més ens agradava eren les paneres, algunes realment espectaculars, amb llaços i cintes de colors. Allà mateix, la mare anava desfent el muntatge i anava cantant: torró de Xixona! Pinya en almívar! Vi del Penedès! Bombons! Xoriço ibèric! I juraria que als ulls li veia les mateixes guspires que hi havia als nostres.

Dels regals més estrambòtics recordo un seient de pell que era un porc de mida natural; una fruitera plena de fruites tota de ceràmica que es va passar anys damunt de la taula de la cuina, tot i que la trobàvem horrorosa; figures de Lladró que la mare guardava immediatament a l'altell perquè no li agradaven gens...

Quan havien passat les festes, el pare ens feia cada any el mateix discurset: això dels regals no ho heu d'explicar a l'escola. A nosaltres ens feia molta ràbia no poder presumir-ne una mica. I a més, no enteníem la raó d'aquell secretisme.

Quan els avis ja no hi eren i les àvies s'havien fet grans vam deixar d'anar a Figueres per Nadal. Després es va morir el meu pare i va haver-hi uns quants Nadals ensopits, en els quals tots fèiem l'esforç per no semblar tan tristos.

Després van arribar els nets i va tornar l'alegria. La meva mare va tornar a guarnir la casa i a fer versos per posar damunt dels plats de la taula ben parada. Cantàvem «Ara ve Nadal, posarem el porc en sal...» i ens fèiem uns regals bonics, molt ben embolicats, després d'un àpat realment fabulós.

Quan va faltar la mare, vam aconseguir tornar a remuntar el Nadal amb gran esforç. Des d'aleshores —i n'estic molt orgullosa— cada any hi ha algú de la família que fa un regal original i creatiu (un poema, una cançó, una fotografia antiga emmarcada) que sol ajudar-nos a fer presents els que ja no hi són.

DINS D'UN GORDINI BLAU

Sempre m'ha agradat cantar. Els records més antics relacionats amb la música em situen a l'interior del cotxe familiar, primer un Gordini d'un blau metal·litzat, després un 124 blau marí, en els llargs i sovintejats viatges de Badalona a Figueres (pràcticament cada cap de setmana de la meva infància).

El viatge de Badalona a Figueres durava més de tres hores quan hi anàvem per carretera i ens havíem d'empassar tots els semàfors de la Nacional II. Ens aturàvem a mig camí per descansar una mica a Can Bertolín. Quan van fer l'autopista la cosa va millorar sensiblement i va reduir el viatge a les dues hores.

La mare i la meva germana gran se les empescaven totes per tenir entretinguts «els nens», o sigui el meu germà i jo. Jugàvem al «Veo, veo, qué ves, una cosita, de qué color es», competíem a veure qui veia més cotxes de color vermell i, sobretot, cantàvem.

Recordo cançons com ara «Si tu vas al cel» —un de nosaltres deia la frase i els altres la repetíem—, «Mambrú se fue a la guerra (qué dolor, qué dolor, qué pena)» i «Perduts en la immensa mar blava». En aquesta s'hi afegia el meu pare, que tenia una veu de baríton, greu i profunda, i feia la segona veu. Cantàvem tots cinc i, en el meu record, la veritat és que sonava molt bé.

El tema estrella, segurament perquè en conservem una versió gravada en una cinta d'aquelles enormes de Revox i ens hi hem fet bons farts de riure, era la interpretació que fèiem la meva germana i jo a duet de *Juanita Banana.*

Com que els lectors que no supereu els cinquanta no deveu saber de què us parlo, us explicaré que la cançó l'havia fet popular un cantant que tampoc deveu conèixer: Luis Aguilé.

Aguilé era un cantant argentí summament estrambòtic, que es va fer molt popular a Espanya els anys seixanta i setanta. Entre els seus èxits hi havia «Cuando salí de Cuba» o «Es una lata el trabajar».

«Juanita Banana» començava amb una estrofa parlada a càrrec de la meva germana, aleshores una joveneta de dotze o tretze anys, que amb el seu accent empordanès ple de palatals, recitava: «Esta es la sorprendente historia de Juanita Banana. En un pueblecito muy tranquilo al sur de la frontera mejicana, vivia la bonita Juanita, hija de un cultivador de bananas, pero ella deliraba por triunfar en la ópera italiana y le importava poco la cosecha de bananas, pues no paraba nunca de cantar aquello tan famoso que decía... Juanita Bananaaaaa». I aquí, amb un entusiasme digne de millor causa i veu de «soprano», la Maria Blanca començava a cantar.

La lletra de la cançó explicava que, al seu poble, es reien de Juanita i que ella, farta de tot, se'n va anar a la ciutat i allà sí que van reconèixer el seu talent i es va fer famosa. Quan el pare de Juanita ho va saber, «quemó seis toneladas de bananas, se marchó a la ciudad, se compró una guitarra, se encontró con Juanita y...».

Aquí entrava jo, que tenia la veu molt greu per a una nena de cinc o sis anys. Feia de pare de la Juanita i cantàvem totes dues —el baríton i la soprano: Juanita Bananaaaa... Ens ho passàvem bomba!

Com que als meus pares els agradava molt la música, van voler oferir-nos la possibilitat d'aprendre'n.

A la meva germana la van fer anar a aprendre piano i solfeig els anys que vivíem a Calella amb un tal senyor Salom. Per casa encara hi ha fotografies de la pobra Maria Blanca, mudada i pentinada amb una cua de cavall, fent una exhibició davant dels pares i mares, morta de vergonya.

En Toni i jo vam seguir el mateix camí un cop instal·lats a Badalona. La veritat és que la intenció dels pares era boníssima, però es podien haver esforçat una mica més en la tria del professorat. Si el vell senyor Salom no era gaire engrescador, les nostres professores —dues germanes grans i solteres que vivien al capdavall de la Riera— tampoc no encomanaven precisament entusiasme.

Les classes eren el dissabte a la tarda i tot convidava a l'ensopiment absolut. La casa estava plena de mobles antics i feia pudor de resclosit, i les germanes eren més aviat antipàtiques: quan s'enfadaven perquè no estàvem atents o ens equivocàvem, deien «foi!», per no dir coi, eufemisme a la vegada de cony. En Toni i jo vam acabar anomenant-les les senyoretes Foi.

El piano encara m'agradava, però el solfeig era absolutament insuportable. El meu germà i jo demanàvem que s'acabés aquell suplici, protestàvem perquè se'ns obligués a patir aquell càstig sense haver-lo merescut.

—No és un càstig —deia la meva mare.

—Però ens hi obligueu! Les meves amigues no hi volen anar i els pares respecten la seva llibertat!

Llavors, el meu pare o la meva mare, tant li feia, deixaven anar la frase que posava fi a la discussió:

—Les teves amigues, quan siguin grans, no podran tocar el piano, perquè no en sabran. Tu, en canvi, podràs decidir si el toques o no. Això és la vertadera llibertat.

Tocada i enfonsada.

No sé quants anys de solfeig van aconseguir amb aquest argument. Segurament fins que a l'escola de monges van oferir-nos la possibilitat de fer classes de guitarra. Eren els dissabtes al matí i hi anaven les meves amigues, així que vaig canviar piano per guitarra. Vaig aprendre a puntejar l'«Anónimo Veneciano» i unes *malagueñas* i ho vaig deixar. Però aleshores ja havia descobert que tenia bona oïda i que m'encantava passar hores a la meva habitació, traient els acords de les cançons que m'agradaven a la guitarra. El repertori era molt eclèctic: Beatles, Mocedades, Sandro Giacobbe, Llach, Moustaki...

Quan arribava l'aniversari d'algú de la família, la meva mare feia uns versos i els adaptàvem a una melodia coneguda. Cantàvem la cançó tots junts i aquest era el nostre regal d'aniversari. Érem la família Trapp a la catalana.

Com que la cantant preferida del meu pare era María Dolores Pradera, vam adaptar «La flor de la canela» amb una lletra molt divertida que parlava del Banco Hispano Americano.

Un altre any em va tocar a mi. La mare va escriure una lletra preciosa i el pare hi va posar la música:

Sílvia, Sílvia
El teu nom és com el vent,
és com un raig d'aigua clara;
s'alça com una cançó,
rellisca com una llàgrima.
Sílvia, Sílvia
El teu nom té gust de sal,
és del color de les algues;
és misteriós com la mar
i càlid com una platja.
Sílvia, Sílvia

El teu nom ve de molt lluny,
de boscos i fondalades;
s'enlaira com un ocell,
es clava com una espasa.
Sílvia, Sílvia
El teu nom sobre la pell
és una mà que acompanya,
cada vegada que el dic
la veu se'm torna més clara.

La guitarra em va acompanyar durant molts anys: a l'escola, a les excursions dels grups d'església quan era adolescent, a les nits d'estiu a la Garrotxa i moltes, moltes hores a la meva habitació.

A poc a poc, a partir dels vint anys, tot això es va anar acabant i la guitarra va quedar abandonada en un racó de casa. El meu home, crec que va ser quan en vaig fer trenta, me'n va regalar una que era molt bona, molt bonica, però no va aconseguir seduir-me i tampoc no li vaig donar gaire vida. Encara la tenim i ara és ell el que s'hi entreté.

Fa quatre o cinc anys, vaig saber que al Círcol Catòlic, l'entitat badalonina centenària on els meus fills han jugat a bàsquet des de petits, tenia la intenció de crear una coral. Ja tenien des de sempre la secció dramàtica i volien ampliar l'oferta.

Tot d'una vaig recordar com m'agradava cantar amb altra gent. I si ho provava?

Els assajos eren un cop per setmana, molt a prop de casa. No podia negar-m'hi. Hi vaig anar i de seguida vaig veure que havia tingut la sort de topar amb un grup de persones que buscaven el mateix que jo, bàsicament divertir-se, gaudir cantant. La directora era una noia jove i eixerida que havia entès perfectament de què es tractava.

Ara ja fa anys que cantem. Fins i tot fem concerts! És una cosa casolana, per descomptat, però de vegades sonem bé i tot.

HEM VISCUT UN ALTRE DIA

Cap a les vuit del vespre, al juliol, la llum comença a declinar i la temperatura baixa suaument. Com que hem pres el sol tot el matí, encara guardem l'escalfor a la pell, però la majoria agafem un jersei no gaire gruixut o una dessuadora i ens preparem per a la trobada de cada vespre.

En diem el «brindis al sol», sense que tingui res a veure amb el sentit d'anunciar públicament que faràs alguna cosa que, en realitat, no tens cap intenció de complir. El nostre brindis al sol és literal: agafem copes i alguna beguda espirituosa i ens reunim en un petit turonet des d'on es veuen unes postes de sol magnífiques.

Brindem pel dia que hem viscut junts, per la bellesa d'aquell cel que s'omple de vermells i taronges, per l'estiu, pels anys que hem compartit, pels que no hi són.

Anem arribant a poc a poc, els grans i els petits, les adolescents enriolades, i omplim les copes de vi negre, o de xampany francès o de ratafia. Algú ha portat cacauets o avellanes, unes galetes o patates fregides. Hem arreplegat el que tenim per casa. Omplim les copes i les alcem, retallades en l'aire, mentre la llum va escolant-se rere les muntanyes. Hem viscut un dia més.

LA MIRADA DE L'AVI PATLLARI

Estic segura que molts de vosaltres, en llegir el títol d'aquest capítol, us n'heu estranyat. La nostàlgia no sol ser considerada un sentiment que et faci feliç. De fet, si anem a l'etimologia de la paraula, veiem que ve del grec *nostos*, que vol dir retorn, i d'*algos*, que vol dir dolor. L'ansietat per voler tornar.

Podria semblar contradictori i, tanmateix, jo crec que hi ha una mena de nostàlgia que pot ser dolça més que dolorosa. Ja sabeu que recordar significa «tornar a passar pel cor», i és a aquest tipus de nostàlgia a la qual em refereixo. Quan recordar persones, llocs o èpoques passades es torna una emoció agradable.

Perquè la nostàlgia per la pèrdua d'algú o d'alguna cosa deixi de fer mal, és indispensable que hagi passat prou temps, que la ferida hagi començat a cicatritzar.

Jo soc de mena nostàlgica. M'enyoro de tot. I, per alguna raó, aquest és un tret que comparteixo amb bona part de la meva família. No sé si és una herència genètica o hi ha algun fet en la nostra història comuna que ens hi hagi tornat. Potser el desarrelament o la mort prematura dels pares. Som nostàlgics i estimem els llocs que hem deixat o els objectes que hem heretat. Per això he decidit incloure la nostàlgia entre les coses que em fan feliç.

Com que tots som contradictoris, he d'advertir que, de la mateixa manera que guardo amb reverència uns gots de vidre de color blau turquesa de la meva àvia, no m'ha costat gens desfer-me del meu vestit de núvia o dels pitets de quan els meus fills eren petits. És només un exemple. Els successius trasllats m'han ajudat a prescindir del que considero innecessari, però casa meva està plena de fotografies dels meus avantpassats.

A l'entrada del pis hi tenim tota una paret dedicada a les fotografies antigues. En una de les meves preferides, hi surten el meu avi matern i la meva mare, quan ella era molt petita, a la platja. Ell va en mànigues de camisa, tot vestit de color clar, i ella porta un barret de palla i sosté als braços un gat que sembla de cartó.

També m'agrada la fotografia de l'escloperia de la meva família paterna. Cadascun dels treballadors hi posa amb l'eina que feia servir per fer esclops. El meu avi Quim —el fill de l'amo— hi surt amb una llibreta i un llapis, perquè ell era qui portava els comptes. I al darrere de tot, el seu pare —el mític avi Patllari— amb el seu bigoti abundós i blanc i la mirada de bona persona que reconec als ulls dels meus fills i dels meus nebots.

Però la foto preferida és la dels meus rebesavis Soler, els avis dels meus avis. Ell es diu Joan, ella Antònia. Estan asseguts en uns seients rígids, semblen cadires de balca, que devien ser summament incòmodes. Ell va vestit amb pantaló i jaqueta de pana i barretina. A sota del trajo s'hi veu camisa i corbata, armilla i encara, al damunt de tot això, una faixa ampla ben cenyida a la cintura. Als peus, òbviament, espardenyes. Deixa anar les mans mansament damunt les cuixes i mira fixament a la càmera, amb una expressió que fa mal de tan neta i sincera. Al seu costat, separades les cadires un pam, hi ha la seva dona, que va vestida de negre de cap a peus —sempre hi havia un mort que obligava al dol. Faldilla llarga que li tapa els peus, mocador al cap lligat amb un nus a sota la barbeta i una toqueta de ganxet que li tapa el pit i les espatlles. Les mans agafades damunt de la falda. La mirada, en aquest cas, reflecteix un cert espant o desconfiança. Ell hi està més còmode que ella, davant del fotògraf.

Vam calcular que la imatge pot datar de mitjan segle XIX. La fotografia estava, doncs, a les beceroles. Fer-se'n una devia ser tot un esdeveniment, que potser només passava un cop a la vida. Per això els besavis tenen aquest aire tan seriós, ella fins i tot esfereïda.

M'agradaria saber on, quan i per què es van decidir fer-se una fotografia. Va ser a Bàscara, on vivien? O van anar a Figueres? Anaven mudats per a l'ocasió? Celebraven alguna cosa? S'estimaven, en Joan i l'Antònia? I, sobretot, van pensar en algun moment, aquell dia, en els segons eterns d'exposició, en els descendents que tants i tants anys després els miraríem, provant de trobar en els seus rostres algun tret nostre?

El meu marit diu que viatjar amb mi és un suplici. Ho diu rient, mig en broma, però hi ha un fons de veritat. Diu que quan soc lluny de casa m'enyoro dels que he deixat a lloc, de la ciutat que tantes vegades detesto, del llit i el coixí, del menjar, del mar del costat de casa. I que, quan tornem, aleshores m'enyoro del lloc on hem viatjat, d'aquell dia que vam passejar per la Piazza Navona a la nit, o de la casa on vam dormir un parell de nits en un poblet d'Escòcia. Té més raó que un sant.

Però la nostàlgia en majúscules, esclar, és quan enyores les persones que has estimat i que saps del cert que no tornaràs a veure mai més. És un enyor que només deixarà de fer mal quan han passat molts anys, i encara de tant en tant, de forma inesperada, la fiblada et sorprèn com si la mort s'acabés de produir. Hi ha molta gent que, per evitar aquestes fiblades, opta per cobrir el dolor amb un drap gruixut, tot ben embolicat, com qui tapa una ferida. Jo m'estimo més arriscar-me: quan un mort ha marxat fa molt de temps, m'agrada poder cedir a l'enyorament i deixar-me endur per aquella nostàlgia dolça, que potser et fa tremolar alguna cosa ben endins, però et permet de fer-lo reviure uns instants. Recordar el seu to de veu quan despenjava el telèfon, l'hola sorneguer i alegre del meu pare, el pes de la mà de la meva mare damunt del cap quan m'asseia als peus de la seva butaca. Si aquell dia torna a fer mal, no m'hi recreo, fujo cap a un altre pensament. Però hi ha molts dies que puc assaborir el record sense que el dolor faci acte de presència. Tornar a *passar pel cor* una veu, un somriure, una abraçada. És una de les coses que em fa feliç.

A casa, la nostàlgia és una nina de fusta —amb el cos petit i el cap rodó i molt gros— que era de la meva àvia materna. Segons deia, durant la guerra, va descargolar el cap de la nina i va guardar les joies bones a dins del cos buit. És, doncs, una nina amb missió històrica, una heroïna de guerra.

La nostàlgia té gust de flam Potax; la nostàlgia sona com un gronxador rovellat que grinyola; és càlida com un jersei heretat, que va balder i ha fet boletes. I fa aquella olor inconfusible de l'herba que ha quedat xopa després d'un bon ruixat.

Escriure és la millor manera de submergir-te en la nostàlgia. Comences a posar una paraula rere l'altra i, tot d'una, et trobes descabdellant una madeixa que fa sortir records que dormien amagats en algun racó del teu subconscient. Qualsevol d'aquests estímuls que hem dit (el flam que feia la *baba* Maria o la fressa de la cadena de ferro que xerricava quan el gronxador del parc es movia) ens transporta temps enllà. I és un viatge agradable, tenyit d'un enyorament que a estones és trist i a estones plaent, però mai tràgic.

És per aquesta raó, imagino, que escriure novel·les és una de les coses que em fa més feliç. Tot i que soc una persona molt sociable, escriure, que és una activitat estrictament solitària, no em fa sentir mai sola. Perquè quan ho faig de seguida em sento envoltada de les persones que han poblat la meva vida, ara ja, amb el pas del temps, esdevingudes personatges de ficció. Els llocs on vaig jugar o passejar han quedat coberts per un tel que els embelleix i els sublima, les cases on he viscut són ara urnes que guarden tot allò que s'hi ha viscut. La nostàlgia —el dolor per ser lluny de casa, el desig de tornar— es pot transformar en un pou inesgotable de creativitat.

LA TAULA DE VINÇON

Vinçon era un paradís. M'agradava anar-hi sola i passar-hi la tarda, potser sense comprar res. Em passejava entre els mobles i me'ls imaginava a casa meva, o acaronava els plats i les tasses de ceràmica, o m'asseia en una gandula a la terrassa i sentia bategar la ciutat a dins de la botiga i allà fora, al passeig de Gràcia. La majoria de les vegades acabava cedint i m'hi comprava una llibreta o un coixí, qualsevol cosa que em donés dret a la meravellosa bossa de paper amb un disseny modern i elegant, que tanta gent col·leccionava.

Quan Vinçon va tancar —ho busco, el juny de 2015—, ho vam viure com un petit dol. Després he mirat de recuperar aquella sensació a Ikea o succedanis, sense èxit, no cal dir-ho.

Però l'any 1991, quan ens vam casar, vaig arrossegar el meu flamant marit cap a Vinçon (i dic arrossegar no pas perquè li desagradés, ans al contrari, sinó per la por que li feia la meva mà foradada i la seva dèbil resistència davant dels meus capricis).

En aquella ocasió, però, hi anàvem decidits a gastar-nos-els. Volíem comprar la taula de menjador i teníem reservat un pressupost prou suculent per triar amb comoditat (això ens pensàvem).

Teníem tot el temps del món, però al cap d'un moment ja ho teníem tot fet perquè va ser amor a primera vista. En un espai immens de la botiga hi havia una taula magnífica, quadrada, de fusta de cirerer, gran —metre i mig per metre i mig— amb una superfície feta de peces grosses, també quadrades. La persona que ens va atendre va dir el que tocava: que teníem molt bon gust, que seria una compra per a tota la vida, que era una peça única. L'eufòria ens va durar fins que ens va dir el preu, que depassava per molt els nostres càlculs. M'imagino que el meu home va veure la decepció reflectida als meus ulls. Primer va mirar de consolar-me, després va començar a dubtar i finalment va acabar convencent-me que podíem comprar-la.

La cosa encara es va complicar més quan vam recordar que també necessitàvem una taula baixa per a la zona del sofà. «Haurà de ser senzilleta», dèiem, convençuts, però no en vèiem cap que ens agradés i que pogués resistir estar en companyia de la taula de menjador que acabàvem de comprar.

Aleshores va ser quan vaig veure una taula igual que la nostra però molt més petita.

—Mira, aquesta seria ideal, quina pena que no l'hagin fet més baixa —vaig comentar.

I el meu home, fent honor a la frase feta que diu que «enginyer ve d'enginy», va dir:

—Això rai: tallem les potes i ja està.

I així va ser com ens vam gastar el pressupost que teníem per moblar i decorar tot el pis en les dues taules del menjador. Tot el camí de tornada a casa el vam fer buscant arguments per tranquil·litzar-nos: fan un conjunt fantàstic, no caldrà que hi posem res més, això serà per a tota la vida...

Van portar les taules un matí que jo era sola a casa. No recordo en absolut com van aconseguir pujar-les per l'escala ni entrar-les al menjador, només recordo l'impacte que em va provocar veure aquella taula —que de sobte era realment immensa— al nostre menjador —que de sobte era esquifit.

Vaig signar el paper que m'ensenyaven aquells homes reprimint amb prou feines les llàgrimes. Els devia fer pena, i un d'ells em va dir, quan ja marxava: és grossa... i molt maca! Ja veurà com s'hi acostumarà.

Esclar que la taula era maca! Preciosa, era! Però una cosa era veure-la en l'amplitud de Vinçon, amb espai al seu entorn i els sostres altíssims, i l'altra cosa era encabir-la en un menjador de vint-i-cinc metres quadrats.

Vaig tancar la porta i vaig esclatar en plors, mentre trucava al meu home: «És un desastre! La taula és descomunal i queda totalment desproporcionada! Es menja mitja estança!!». Ell només repetia la seva paraula talismà: «Calma, dona, calma...».

Quan va arribar, jo encara estava angoixada, tot i que m'havia asserenat.

El meu marit em va abraçar i després va entrar al menjador. A veure aquest desastre... Primer va mirar-s'ho una estona i després va agafar la taula i la va girar; amb un sol moviment, la taula va quedar situada com un rombe en relació amb les dues parets i no en paral·lel, com l'havien deixat els transportistes. Miraculosament, va començar a agradar-me. Ens ho vam anar mirant, vam girar-la encara uns centímetres, hi vam posar les cadires... Quedava un menjador espaterrant.

Em vaig enamorar de la taula de cirerer i l'amor encara em dura, tot i que d'aleshores ençà he descobert com és de complicat aconseguir tovalles de dos metres per dos metres.

Al voltant d'aquesta taula hem viscut moltes vetllades memorables. Moltíssimes. Som una parella molt sociable i mai no ens ha fet mandra organitzar trobades a casa.

Per a mi, convidar amics a sopar a casa era la cosa més natural del món. Ho havia vist fer des de sempre als meus pares, que gaudien fent d'amfitrions i reunint al menjador persones interessants i divertides. Els agradava que nosaltres hi fóssim, almenys una estona, perquè pensaven —encertadament— que en aquells sopars hi sentíem opinions diverses i sempre hi apreníem alguna cosa. Jo guardo en la memòria alguns moments realment esplendorosos, com els protagonitzats per la poeta figuerenca Montserrat Vayreda o pel matrimoni format per l'arqueòloga

Mercedes Vegas i el periodista Richard Wigg, tots bons amics dels meus pares.

La meva mare tenia un costum que no he vist fer a ningú més: tenia «la llibreta dels sopars», on l'endemà de cada vetllada escrivia, a sota de la data, els noms dels convidats, el menú que els havia fet per sopar, com havia parat la taula (vaixella i joc de taula) i com s'havia vestit ella, per no repetir quan aquestes persones tornessin a venir. Espectacular, no?

Intueixo, doncs, que jo vaig heretar el gust per organitzar sopars i pel cerimonial de les taules ben parades. Tot i que he de dir que en aquest sentit, he anat de més a menys i amb els anys m'he anat tornant molt pràctica. Vaig començar amb tovalles de fil (fetes expressament per a les punyeteres mides de la taula), plats de respecte i copes de vidre bufat... i he acabat amb tovallons de paper. Això sí: a les meves taules sempre hi ha copes de vidre per al vi i flors fresques al centre.

I aquest és el moment adequat per citar Virginia Woolf i la seva ultracitada arrencada de novel·la: «La senyora Dalloway va dir que ella mateixa compraria les flors».

Estic absolutament d'acord amb la Clarissa, perquè aquest és un plaer —el de comprar flors— al qual no renunciaria encara que tingués una dotzena de minyones que em fessin totes les feines de casa. Les flors, les compro jo.

M'interessa saber quines flors són les de temporada, triar les flors en funció del color de les tovalles o a la inversa, decidir les tovalles segons les flors que hagi comprat. M'agraden les tulipes, les astromèlies i les peònies. No m'agraden gaire els liliums i no suporto els clavells. I m'agrada la conversa amb el florista —«posa-hi una culleradeta de sucre a l'aigua, eh?, et duraran més»— i que no perdi la paciència quan m'entretinc mirant de decidir de quin color vull les gerberes: aquest fúcsia que tira a morat?, aquest taronja pàl·lid?, rosa pur?, groc llimona?

Abans de triar les flors, però, m'he d'ocupar del menú. Em costa triar-lo perquè ha de reunir unes quantes condicions: ha de ser fàcil perquè no soc gaire bona cuinera, que em deixi rebre els convidats i oferir-los cervesa o martini sense haver de patir per tenir res al foc, no excessivament car ni massa greixós, que tots estem amoïnats amb el pes. Al final sempre acabo confiant en el producte de qualitat: una bona amanida de tomata raf, ceba tendra i ventresca de tonyina, uns daus de salmó marinat, un assortiment de formatges, pernil del bo, llagostins freds. Coses d'aquestes que no donen cap feina i agraden a tothom.

Si tinc temps, m'agrada anar-ho a comprar a plaça. Però només hi vaig si en tinc ganes i sé que no m'impacientaré amb les esperes. Vaig a plaça i em deixo aconsellar per la bacallanera per comprar les olives —«les d'Aragó t'hi donaran color, que és agraït, però si vols un contrast de sabors, agafa'n un grapat també de les matxacades», les peixateres que em diran si el llucet és pescat d'aquí al davant, a la parada de fruita seca per poder oferir una grana de capellà en condicions. I acabo amb el meu amic florista, comentant el bé de Déu que té avui a les galledes.

Sense pressa, una bona estona a cada parada, saludant l'una i l'altra —el centre de Badalona és un poble petit— i finalment tornar a casa carregada, notant satisfeta com se'm queden mirant la bogeria de colors que duc abraçada i que potser regalima i em va mullant l'abric.

Normalment no tinc mai més de sis convidats. Afegint-nos-hi nosaltres dos som vuit, dos per cada cantó de la nostra meravellosa taula. M'agrada fer combinacions entre els meus amics d'àmbits diferents perquè trobo que a tothom —o gairebé tothom— li agrada conèixer gent i sempre és enriquidor. Alguna vegada —ho confesso— també he intentat fer d'alcavota, amb un èxit més aviat moderat. Això va ser a la quarantena, amb la primera gran onada de separacions del nostre entorn. En canvi ara —les separacions no s'han aturat— ja no m'hi esforço: els amics i les amigues que estan sols a partir dels cinquanta són molt difícils de tornar a aparellar i la majoria ja ni ho volen.

Amb els amics de tota la vida, com que som una bona colla, fem servir la fórmula del *Todos ponen*. És una reminiscència de la nostra infància, quan compartíem els Juegos Reunidos Geyper.

Explicació per als més joves: els Juegos Reunidos Geyper eren una capsa enorme on hi havia una pila de jocs com ara el parxís, l'oca, una baralla de cartes... i hi havia un joc que consistia a repartir unes fitxetes de colors i fer girar una baldufa per veure si sortia *Pones una* (posaves una fitxa), *pones dos...* o *Todos ponen* (tothom havia de posar una fitxa). Si se t'acabaven les fitxes quedaves eliminat. Com veieu, era d'una gran sofisticació.

En els sopars *Todos ponen,* cadascú hi porta alguna cosa per menjar i beure. Són sopars —des del punt de vista gastronòmic— divertits i arriscats. Ens hem trobat amb cinc tàpers de croquetes i sense postres. Amb els anys, ja s'han anat creant algunes tradicions i hi ha aportacions que no fallen mai: la quiche lorraine de la R., la selecció de formatges de la C., el guacamole d'en P...

Després de sopar, hi ha un ventall molt ampli de possibilitats per a la sobretaula, depenent del grup d'amics. Amb alguns —sobretot els anys anteriors a la tardor del 17— sempre acabem parlant de política, de vegades amb uns crits que em fan témer que els veïns acabin trucant a la guàrdia urbana. Amb d'altres hem passat hores jugant a les pel·lícules, o al Trivial. També podem acabar ballant...

Estic segura que l'èxit del meu matrimoni el devem, en bona mesura, al fet que el meu home i jo som molt sociables i ens agrada rebre amics a casa. Mai no ens fa mandra i ens esforcem per ser bons amfitrions. És un dels al·licients de la nostra vida en comú.

ON SÓN AQUELLS INFANTS?

Quan em miro els fills —ara que són adults i que em passen un pam— trobo a faltar els nens que van ser. Si se m'aparegués un geni o una fada, sempre penso que li demanaria aquest desig: tornar per unes hores a un dia qualsevol d'aquells anys que la maternitat ho omplia tot, per a bé i per a mal. Tornar a asseure'm a la falda aquells infants d'ulls rodons i foscos, de cos tou i pell suau, jugar amb ells: on és el genoll? I el colze? I el melic?

On són aquells nens? El que plorava sovint i feia rebequeries ara és un noi independent i responsable, que conserva encara el somriure ample i la mirada plena de bonhomia. El que xerrava pels descosits quan encara era un marrec i jugava amb les paraules amb una habilitat sorprenent és —no podia ser d'altra manera— un home de lletres, amb un afany voraç de coneixement.

El gran és un neguit, una ment inquieta i incansable que m'interpel·la i em posa a prova. El petit és la calma: la seva companyia és un oasi on tot resplendeix i la vida somriu.

S'estimen, i aquesta és, sense cap mena de dubte, una de les coses que, realment, em fa feliç.

LA BONA EDUCACIÓ

M'agraden les persones ben educades. I no parlo de les que segueixen les normes d'urbanitat establertes, o no només. Quan parlo de les persones ben educades penso en aquelles que són generoses, empàtiques, que s'interessen per tu de veritat quan et pregunten: com estàs? Que escolten la teva resposta i que procuren posar-se al teu lloc, comprendre't i, si cal, ajudar-te.

Quan trobo una persona que va conèixer el meu pare —són escasses, fa molts anys que va morir—, sovint em diuen «El teu pare era... un senyor». I no es refereixen al trajo i corbata que vestia habitualment (malgrat ell, per raons de la feina), ni tampoc al seu origen social (justament era de família molt humil, fill del carter de Figueres). Volen dir que el meu pare era això, ben educat. La majoria recorden que, quan era director d'una oficina bancària, tractava amb la mateixa delicadesa a tots els que treballaven a les seves ordres. Que es preocupava per saber com estaven cadascun d'ells, des de la dona de fer feines fins al seu subdirector.

Amb els anys he conegut poques persones que tinguin aquest perfil. Quan en trobo una, faig tot el possible per incorporar-la al meu cercle d'amistats. Són persones que afavoreixen el diàleg i la comunicació sincera, que ajuden a crear un ambient tranquil i ple de bon humor. Que estan pendents que ningú quedi marginat i que s'acosten al que està trist o fa cara de tenir algun problema.

Per contra, a mesura que em vaig fent gran, detecto amb una gran rapidesa els que se situen a l'extrem contrari. De vegades van camuflats de membres de l'alta societat, vestits de marca i amb cases espectaculars. Tant li fa: es pot ser mal educat encara que se sàpiguen de memòria les fórmules adients per moure's entre els de la seva classe. Solen ignorar, en canvi, els que no consideren de la seva categoria. T'adrecen un maquinal: Com estàs?, sense esperar la teva resposta i mostrant nul interès pel que puguis explicar-los. Parlen d'ells i presumeixen de diners, de propietats, de relacions, de responsabilitats professionals.

La bona educació fa la vida més agradable. I no és poc.

AIXÒ ÉS TOT

De totes les coses que em fan feliç —de les quals he parlat a bastament fins ara—, la més rellevant, la substantiva, la que em fa ser la persona que soc, és escriure.

Tot i que m'ho pregunten molt sovint, encara ara no he sabut explicar quan vaig saber que escriure era el que jo volia fer. Puc remuntar-me als meus deu o dotze anys, quan escrivia una novel·la en una llibreta d'espiral que volia imitar els llibres d'Enid Blyton que, com ja he confessat, van ser la meva porta al fascinant món de la lectura —del qual ja no he marxat mai més. Suposo que en aquell joc infantil ja hi havia la llavor de la meva vocació d'escriptora però, esclar, podia no haver anat a més, podia no ser res més que una anècdota d'infància.

Quan era adolescent, potser tenia disset anys (i la meva mare ja m'havia fet canviar Torres de Mallory per lectures més consistents), vaig escriure un conte que es titulava *D'ara en endavant*, sobre una noia enamorada que perdia el seu estimat en un accident. Crec que aquell conte va ser la primera provatura més o menys seriosa de ser una narradora. Després d'aquell van venir més contes i, acabats de fer els vint, vaig decidir presentar un relat al premi Recull, de Blanes.

Era un premi modest però amb un cert prestigi, perquè l'havien guanyat autors que jo admirava profundament com —ara recordo— la Carme Riera. Jo havia quedat absolutament fascinada pel seu «Te deix amor la mar com a penyora!»

Aquell any, amb el conte «Arriben els ocells de nit», vaig quedar finalista, i l'any següent vaig guanyar el Recull amb el relat «Semblava de vidre», sobre una vella professora de piano que col·leccionava figuretes de vidre, tan fredes i delicades com ella mateixa.

La meva mare va animar-me aleshores a fer arribar alguns dels contes que tenia escrits a l'editor Àlex Susanna, que li havia publicat alguns poemaris. Vaig tenir una sort immensa, perquè l'Àlex Susanna, des de la seva experiència, va considerar que en aquells textos, irregulars, excessius i qui sap quants defectes més podríem atribuir-los, s'hi veia una veu narrativa amb personalitat. L'editorial Pòrtic em va publicar un recull de contes i jo vaig sortir d'aquell despatx del Marquès de l'Argentera caminant un pam damunt de terra. No em podia creure que veuria els meus contes impresos, que la gent els llegiria. Aleshores la paraula ESCRIPTORA no formava part del meu imaginari. Jo respectava reverencialment els escriptors i em sentia a anys llum de formar part d'aquest col·lectiu. De fet, vaig tardar molts anys a reconèixer-me en veu alta com a escriptora.

Durant unes dècades vaig compaginar el periodisme amb l'escriptura. Com aquell que té un marit i un amant, la literatura era el meu refugi i mai no vaig pensar que podria esdevenir el meu ofici.

Fins complerts els quaranta no vaig gosar deixar el periodisme i mirar de dedicar-me a escriure novel·les per guanyar-me la vida. Mai, en tots aquells anys, no havia deixat d'escriure i gràcies a això, quan la meva obra va arribar al gran públic jo havia pogut practicar molt i —espero— anar millorant.

Els anys i l'experiència em donaven una certa seguretat sense la qual crec que la meva «carrera literària» —si és que se'n pot dir així— podria haver-se estavellat. Però han passat molts anys i encara soc aquí, escrivint i publicant. Miracle!

Fa poc, en el llibre *Anhelo de raíces*, de l'escriptora May Sarton, vaig llegir-hi que hi ha dues menes d'èxit, quan ets escriptor: quan crides l'atenció de la crítica seriosa o quan arribes al cor del gran públic lector. Jo he gaudit, gaudeixo encara, del segon tipus d'èxit. Tinc una bona comunitat de lectors fidels i extremament benèvols que em segueixen novel·la rere novel·la.

Mentiria si dic que no comptar amb el favor de la crítica no m'importa. Sí, em fa dubtar del meu talent i de la qualitat del que escric, com no podria ser d'altra manera. Però quan trontollo, em tranquil·litza saber que les meves novel·les proporcionen plaer i emocionen molts lectors. I, d'altra banda, estic gairebé convençuda que és molt difícil que aquestes dues classes d'èxit que dèiem —entre els crítics i entre el gran públic— coincideixin en un sol escriptor.

Faig una literatura popular, en el sentit estricte de la paraula: feta per al poble. M'agrada que em llegeixin els lectors més avesats i els més inexperts, els més exigents i els que no ho són tant.

M'agrada, això sí, mantenir sempre vigent el repte de millorar. Encara que aquest repte es produeixi de manera íntima i només jo pugui sentir-me'n victoriosa.

Soc una autora pràcticament autodidacta, amb molts dèficits. Però crec que tinc un bon instint narrador. M'agrada explicar històries, inventar situacions i personatges, crear un món que tingui les arrels en la meva fantasia, tal com feia quan imaginava una «casa verda» quan era molt petita, per crear una alternativa a una realitat que no m'acabava de satisfer.

Per això omplo les meves novel·les de cases amb història i de jardins frondosos, d'amics inseparables i d'amors dramàtics, de nissagues familiars i de sentiments intensos.

Una altra pregunta que em fan sovint és: per què escrius? He assajat respostes més elevades (per entendre el món, per conèixer-me millor) i això també és cert, però la veritat única és que escric pel plaer de narrar.

Vull crear històries que emocionin i escriure-les de la millor manera possible. Això és tot.

...I TAMBÉ EM FA FELIÇ

Les pomes verd donzella, les figues de coll de dama, la mimosa, les novel·les de la Ginzburg i de l'O'Farrell, les cançons d'en Llach i de Jovanotti, el xiringuito de la platja de Las Negras, Cadebosc, les astromèlies, les tulipes grogues, els torrons de can Almera, els gelats de can Soler, l'amanida caprese del Caruso, Taormina, les platges de Cornualla, les nits de París vistes des del bateau-mouche, la tardor del 17, el pont del Petroli, l'arròs negre que feia la meva mare, les partides de Rummy en família, rebre cartes d'en Cuixart, les abraçades, el vermut (martini blanc i berberetxos) a la piscina de Can Xel, la Rambla de Badalona, les braves de Can Llaunes i els sopars a la Guingueta.

Els dies que no s'acaben mai amb els de La Tribu, el cafè sense sucre, les fotos antigues, les maduixes amb xocolata, la pintura de l'Àlvar, els vins d'en Xuri, l'ensaladilla russa de la Mariona. Els assajos amb la coral del Círcol, tenir de veïns els millors amics, els regals «especials» que sol haver-hi als dinars de Nadal amb la família, els brindis a l'hora de la posta del mes de juliol.

Altres títols de la col·lecció

Rafel Nadal
Mar d'estiu

Diana Athill
Diari de Florència

Miquel Molina
Cinc hores a Venècia

Francesco Piccolo
Moments d'inadvertida felicitat

Francesco Piccolo
Moments d'inadvertida infelicitat

Albert Om
El dia que vaig marxar

Fúlvia Nicolàs
Zugunruhe

A.J. Liebling
Gust per París

Josep Maria Fonalleras
Un cafè a Roma

AQUEST LLIBRE
ES VA IMPRIMIR ALS TALLERS
DE LIBEDÚPLEX,
A SANT LLORENÇ D'HORTONS,
EL MARÇ DEL 2022.